76층 탐정

정명섭 장편소설

팩토리나인

76층 탐정

◇ 차례 ◇

프롤로그

하늘에서의 프러포즈

카트를 끌고 갤리에서 서빙했던 컵을 정리하던 유혜린은 갑자기 커튼이 젖혀지자 깜짝 놀랐다. 커튼을 연 사람은 동료 승무원인 김주애였다.

평소에도 장난기가 많던 김주애는 커다란 눈을 동그랗게 뜬 채 말했다. "혜린아, 손님이 찾아."

"호출 신호가 없었는데?"

유혜린의 물음에 김주애는 한 손으로 커튼을 잡은 채 비즈니스 쪽을 가리켰다. 좌석들이 주르륵 이어진 가운데 아주 낯익은 다리가 비죽 튀어나온 게 보였다. 이코노미 쪽을 담당하느라 생각지도 못했던 유혜린은 가볍게 웃었다.

"진짜 따라왔네."

"어서 가봐. 급하대."

김주애의 장난기 어린 미소를 뒤로한 채 유혜린은 통로를 걸어갔다. 때마침 고도와 날씨를 안내하는 독일인 기장의 안내 멘트가 특유의 악센트와 함께 흘러나왔다. 긴 다리의 주인이 있는 곳까지 다가간 유혜린은 스튜어디스 특유의 기계적인 멘트로 물었다.

"손님, 무엇을 도와드릴까요?"

"비행기가 너무 더워요."

2미터 가까운 키에 금발 머리를 한 백인이 어색한 한국말을 하자 같은 줄에 있던 한국인 아주머니가 "어머, 어머"라는 말을 연발했다. 그런 아주머니를 향해 가볍게 웃어 보인 마이클에게 유혜린이 대답했다.

"부채라도 가져다드릴까요? 손님."

"에어컨 없어요. 너무 더워요."

아예 손으로 부채질을 하는 마이클의 얘기에 한국인 아주머니가 빵 터졌는지 손으로 입을 가린 채 웃었다. 물론, 비행기 내부는 최적의 온도로 세팅되어 있었기 때문에 덥지는 않았다. 살짝 난감해진 유혜린은 허리를 살짝 굽힌 채 마이클에게 얘기했다.

"마이클 씨, 제 직장에서 이러시면 곤란합니다."

"덥다니까."

유혜린은 주변을 살펴본 후 살짝 주먹을 쥐었다.

"죽을래?"

유혜린의 주먹맛을 몇 번 봤던 마이클은 살짝 고개를 저었다.

"오우, 폭력으로 해결하려고 하지 마세요. 러브 앤 피스."

덩치와 직책과는 어울리지 않는 마이클의 장난기에 유혜린은 피식 웃고 말았다.

"아이, 진짜."

마이클이 어린애처럼 웃는 걸 본 유혜린도 따라서 웃었다. 처음 친구의 소개를 받아서 만났을 때는 너무 부담스러워서 나가지 않으려고 했었다. 나이 차이가 좀 있었고, 사회적인 지위는 더 차이가 났기 때문이었다. 그의 얼굴이 실린 신문 기사나 인터뷰 기사는 어렵지 않게 찾을 수 있었고, 심지어 공중파 뉴스에서 아나운서와 한 인터뷰도 볼 수 있었다. 네덜란드의 반도체 생산 회사의 임원이었던 그는 한국이 네덜란드와 합작해서 세우는 공장의 설립 문제로 파견을 나온 상태였다. 아마 공장이 완성되면 최고 책임자로 임명될 것이라는 추측 기사도 봤다. 반도체 공장의 기공식 때 대통령이 와서 마이클과 나란히 서 있는 사진도 봤었다. 그런데 막상 만나본 마이클은 전혀 달랐다. 장난기가 많고, 말이 잘 통했다. 그녀가 관심이 있던 요가 얘기에 귀를 기울여줬고, 자신이 좋아하는 미국 남부 음식에 대해서 들려줬다. 능청스러운 모습에 사업가 특유의 차분함이 더해지자 배려심 넘치는 미국 아저씨가 된 것이다. 거기다 돈이 정말정말 많았다. 사귀기로 하고 받은 크리스마스 선물은 그녀의 연봉을 다 합쳐도 몇 개밖에 사지 못하는 고가의 핸드백이었다. 그리고 핸드백 안에는 마이클이 직접 쓴 한글 편지가 들어 있었다. 돈이 많다고 으스대거나 성공한 사업가 특유의 오만함도 찾아볼 수 없었다. 흙수저 집안에서 태어나 고생고생하면서 외항사 승무원이 된 그녀로서는 참으로 오랜만에 맛보는 안정감이었다. 특히, 부모님이 모두 돌아가시고 외톨이로 지내던 상황에서는 더더욱 의지가 되었다. 굳이 사소한 문제를 꼽자면 나이와 직책에 어울리지 않는 장난기였다. 누구에게 들었는지 몰라도 아재 개그라는 말까지 구사할 정도였다. 잠깐 생각에 잠겨 있던 유혜린은 식사 서빙을 해야 할 시간이 다가온 걸 깨닫고는 마이클의 어깨를 토닥거렸다.

"이따 봐요."

돌아서는데 마이클이 그녀의 손목을 잡았다.

"왜요?"

"이거 가져가야지."

마이클의 다른 손에는 작은 상자가 들려 있었다. 너무 작았지만 눈에 확 띄는 반지 상자였다. 설마 하는 생각에 유혜린이 바라보자 마이클이 천천히 일어났다. 유혜린도 170센티미터에 가까워 작은 키는 아니었지만 마이클은 2미터에 가까운 거구라서 비교가 되지 않았다. 통로를 꽉 채운 거구의 마이클이 한쪽 무릎을 꿇었다. 아까부터 호들갑을 떨던 한국인 아주머니를 포함해서 비즈니스석의 모든 승객이 고개를 돌려서 둘을 바라봤다.

한 손으로 반지 상자의 뚜껑을 연 마이클이 장난기가 가신 목소리로 물었다. “유혜린, 나랑 결혼해줄래?”

첫 번째 만난 자리에서 마이클은 자신이 비혼주의자라고 말했다. 대학 시절 첫사랑에게 겪었던 아픔 때문이라는 말에 유혜린 역시 공감했다. 그녀 역시 스튜어디스 시험을 준비하던 시절, 오랫동안 사귀었던 남친과 헤어졌던 경험이 있었기 때문이다. 몇 달 후, 그가 결혼한다는 소식을 들었던 유혜린은 스튜어디스 시험에 최종 합격하고도 기뻐할 수 없었다.

잠시 멍하니 서 있던 유혜린에게 마이클이 장난스럽게 말했다. “무릎 아파.”

주변에서 다들 크게 웃는 와중에 유혜린이 고개를 끄덕거렸다.

“좋아요. 청혼을 받아들이죠.”

주변에서 일제히 박수가 쏟아지는 가운데 천천히 일어난 마이클이 상자에서 빼낸 반지를 손가락에 끼워줬다. 영롱하게 빛나는 반지의 다이아몬드를 본 유혜린이 마이클에게 반지 상자를 건네받았다.

“그럼, 더운 건 해결되셨죠? 내려서 봐요.”

가볍게 고개를 끄덕거린 마이클이 도로 자리에 앉았다. 유혜린은 여성 승객들의 부러움이 담긴 시선을 받으며 갤리로 돌아왔다. 커튼을 살짝 젖히고 지켜보던 김주애가 덥석 그녀의 손을 잡았다.

“반지 보여줘.”

유혜린이 손에 낀 반지를 본 김주애가 호들갑을 떨었다.

"어머, 다이아가 엄청 크네."

"그래, 얼굴 다 비치겠다."

"우리 유혜린이 드디어 시집을 가네."

김주애가 손으로 입을 가리며 좋아하는 걸 본 유혜린이 피식 웃었다.

"그만 웃고 얼른 밀 서비스나 준비하자. 늦으면 캡틴이 난리 칠 거야."

"지금 그게 문제야? 이따가 만나서 욕 한번 해줘. 그리고 시원하게 퇴사하는 거 어때?"

"마이클이 돈이 많은 거지. 내가 돈이 많은 건 아니잖아."

"이제 그 돈이 다 네 돈이지. 안 그래?"

얘기를 주고받는데 갑자기 캡틴이 커튼을 열고 나타났다. 외항사에서 한국인 스튜어디스가 캡틴까지 오르는 건 쉬운 일이 아니었다. 그만큼 엄격한 편이라서 같은 한국인 스튜어디스 후배들을 달달 볶아댔고 덕분에 기피 인물이었다. 그런 캡틴 앞이라 둘 다 굳어버리고 말았다. 불호령이 떨어질 줄 알았는데 캡틴이 예상 밖의 소리를 했다.

"유혜린이 청혼받았다며?"

놀란 유혜린을 대신해서 김주애가 반지 낀 손을 보여줬다.

그걸 본 캡틴이 말했다. "밀 서비스만 끝내고 벙크에서 쉬어."

"네?"

"마이클 씨는 우리 회사 VVIP야. 그러니까." 자세를 똑바로 한 캡틴이 유혜린을 바라보며 덧붙였다. "마이클 씨 부인 역시 우리 회사 VVIP지."

캡틴이 커튼을 젖히고 갤리에서 나가자 김주애가 유혜린의 어깨를 툭 쳤다.

"이제 고생 끝났네."

현재

76층에서

어제 마시고 남은 샴페인을 잔에 따른 유혜린은 발코니로 나갔다. 76층 발코니에서 보이는 세상은 작은 장난감들의 세상 같았다. 같이 가지고 나온 휴대폰을 발코니의 테이블에 올려놓은 그녀는 통화 버튼을 눌렀다. 신호음이 잠시 가고 나서 남편인 마이클의 목소리가 들렸다.

— 허니, 어제 파티는 어땠어?

— 나쁘지 않았어요. 당신이 없는 것만 빼면요.

— 미안, 갑자기 출장이 잡혀서 말이야.

— 공항에는 잘 도착했어요?

— 어, 게이트 들어와서 커피 한잔 마시면서 헤이그행 비행기

기다리는 중이야.

— 4일이죠?

— 하루 정도 길어질 수 있을 것 같긴 한데 최대한 빨리 갈게. 갈 때 뭐 사갈까? 향수?

— 당신만 잘 포장해서 가져오세요.

— 알았어, 허니. 꼼꼼하게 잘 포장할게. 그리고 인도는 언제 간다고 했지?

— 다음 주 월요일이요.

— 주말은 같이 있을 수 있겠네. 골프 치러 갈까?

— 괜찮으니까 집에서 좀 쉬어요. 이번 달에 제대로 쉰 날이 없잖아요.

— 나도 따라갈까?

남편의 말에 그녀는 피식 웃었다. 결혼하고 나서 모든 게 좋아졌지만 딱 하나 아쉬운 건 남편이 엄청난 워커홀릭이라는 것이었다. 물론 그 정도 일을 했으니까 이 자리까지 오긴 했지만 정말 쉬지 않고 일을 했다. 그런 남편이 2주나 인도에 있겠다는 건 불가능했다.

— 당신 스케줄이 빌 것 같지 않은데요?

— 그렇긴 해. 갔다 와서 바로 미국 가야 하니까.

— 그럼 세나 휴가 줄까요? 필리핀 갔다 오라고?

— 나쁘지 않네.

— 그럼 얘기해놓을게요.

— 알았어. 주말에 봐, 허니.

통화를 끝낸 유혜린은 남은 샴페인을 마시고 빈 잔을 테이블에 올려놨다. 샴페인을 입안에 굴리면서 아래를 내려다봤다. 아래쪽에 있는 놀이터에서 아이들이 개미처럼 움직이는 게 보였다. 너무 높아서 아이들의 웃음소리는 들리지 않았다. 문득 마시고 있던 샴페인이 마이클과의 결혼식 때 마신 것과 같은 것이라는 걸 알아차렸다.

"벌써 재작년이네."

강남의 호텔에서 열린 결혼식에는 평소 왕래가 거의 없던 남동생들은 둘째 치고 어머니가 돌아가시고 소식이 끊긴 친척들까지 몰려왔다. 어머니의 장례식이 끝나고 집에 와서 쓸 만한 옷가지를 고르던 친척은 물론 얼굴도 기억나지 않을 정도로 오랜만에 만난 친척들이 다짜고짜 마이클에게 얘기해서 자식을 취직시켜달라는 엉뚱한 부탁을 했다. 다행히, 남동생들이 적당히 막아서면서 무마되었다. 친하게 지내던 김주애와 캡틴은 물론이고, 평소에 사이가 나빴던 다른 스튜어디스들도 몰려와서 부러운 눈으로 그녀를 바라봤다.

신혼여행을 다녀오고 곧바로 일을 그만둔 유혜린은 남편이 장만한 서울 근교 신도시인 월령시의 고층 아파트로 입주했다. 대한민국과 네덜란드의 반도체 회사가 합작으로 만든 공장 근처였다. 반도체 공장들이 들어서면서 조성된 신도시에는 엄청난 높이의 고층 아파트들이 들어섰다. 유혜린이 마이클과 함께 사는 그린우드가 그중에 가장 높은 77층의 높이를 자랑했다. 제일 꼭대기인 77층은 건설 회사의 펜트하우스라 사실상 그녀가 사는 76층이 가장 높았고, 평수도 가장 넓었다. 처음 입주했을 때 화장실 크기를 보고 입을 다물지 못했다. 그녀가 살던 집보다 훨씬 넓었기 때문이었다. 발코니 역시 탁구대를 몇 개 가져다놔도 문제가 없을 정도로 컸다. 숨바꼭질도 할 수 있을 정도로 넓은 집은 그녀의 신분이 수직 상승한 것을 보여주는 상징적인 장소였다. 날씨가 좋으면 서울까지 보일 정도로 높았다. 멀리 보이는 서울을 물끄러미 바라보던 그녀는 손목에 찬 워치가 삐빅거리는 소리에 퍼뜩 정신을 차렸다.

"요가 갈 시간이네."

돌아서서 안으로 들어가자 부엌에서 설거지를 하던 필리핀 가정부인 세나가 나왔다. 결혼한 직후, 홍콩에서 1년 정도 지낼 때 고용한 가정부였는데 성실하고, 한국 음식을 잘하는 편이라서 한국으로 돌아올 때 같이 데리고 왔다.

앞치마에 손을 닦은 그녀가 물었다. "요가 가세요?"

"응."

"포르쉐 타고 가실 건가요? 아니면 제네시스 타실 건가요?"

세나의 물음에 손목에 있던 머리끈으로 머리를 묶던 유혜린이 가볍게 웃었다.

"상가 건물이잖아. 그냥 걸어갈게."

"네. 그동안 거실 청소해놓을게요."

"무리하지 말고, 마이클도 없잖아."

"저녁은 뭘로 준비할까요?"

"김밥 먹을까?"

"계란말이 김밥으로 준비할게요."

"사야 할 거 있으면 톡으로 남겨놔. 오는 길에 사올게."

"알겠습니다. 살펴보고 톡 남겨놓을게요."

안방으로 들어간 그녀는 레깅스와 헐렁한 셔츠를 입었다. 그리고 요가복과 지갑, 휴대폰이 든 에코백을 챙기고 밖으로 나왔다. 로봇 청소기는 벌써 열심히 돌아가는 중이었다. 긴 복도 끝에 있는 현관으로 간 유혜린은 따라 나와서 엘리베이터 호출 버튼을 눌러주는 세나를 바라봤다.

"나는 다음 주에 인도 가고, 마이클도 출장이잖아. 필리핀에 갔다 올래?"

얘기를 들은 세나의 표정이 밝아졌다. 민다나오에 사는 그녀는 전형적인 대가족 집안에 화목한 편이었다.

"그래도 되나요? 올 초에 갔다 왔는데."

"괜찮으니까 가서 어머니 만나고 와. 비행기 표는 내가 끊어줄 테니까."

"정말 고맙습니다."

"갔다 올게."

문을 열고 나가자 때마침 음식물 쓰레기를 버리러 나온 옆집 가정부가 인사를 했다.

"안녕하세요."

"네. 안녕하세요."

가볍게 고개를 숙여 인사를 한 유혜린은 때마침 도착한 엘리베이터를 탔다. 2층을 누르자 문이 닫히고 엄청난 속도로 하강했다. 고층 거주자 전용 엘리베이터라 중간에 멈추지 않고 그대로 내려가서 1분도 되지 않아서 2층에 도착했다. 문이 열리고 어깨에 멘 에코백을 추스른 채 나왔다. 바로 옆에 외부와 연결된 문으로 다가가자 지키고 있던 경비원이 고개를 살짝 까닥거리고는 열림 버튼을 눌렀다.

"감사합니다."

인사를 한 유혜린이 나가자 경비원이 어깨에 달린 무전기 버튼을 누르는 소리가 들렸다. 아마 유혜린이 밖으로 나가는 걸 경비팀에 보고하는 것 같았다. 문밖은 활처럼 휘어진 공중 복도였다. 양옆에 커다란 화분들이 나란히 서 있는 공중 복도 아래쪽은 아까 내려다본 놀이터가 있었는데 부모들이 지켜보는 가운데 아이들이 놀이기구에서 뛰어노는 게 보였다. 절반 가까이는 반도체 공장에 일하러 온 외국인의 자녀들이었다. 그녀가 내려다보자 외국인 부모 중 몇 명이 알아보고 손을 흔들었다. 따라서 손을 흔들어준 유혜린은 복도 끝에 보이는 상가 건물로 걸어갔다. 네 개의 동으로 이뤄진 아파트 단지의 입구에 있는 상가 건물로 이어졌다. 지하에는 거대한 마트가 있었고, 1층부터 5층까지의 쇼핑몰에는 아파트에 사는 사람들을 대상으로 하는 음식점과 각종 생활 편의 시설들이 자리 잡았다. 그녀가 향한 곳은 3층에 있는 버터플라이 요가학원이었다. 유리문을 열고 안으로 들어가자 원장이 인도에서 사 온 향 냄새가 은은하게 풍겼다. 신고 온 슬리퍼를 로커룸에 넣고, 안에 있는 전용 요가 매트를 꺼냈다. 탈의실로 들어가서 요가복으로 갈아입은 유혜린은 가볍게 몸을 풀면서 밖으로 나왔다. 유리창과 가까운 곳에 매트를 펼친 유혜린은 요가보다는 친목에 더 관심이 많은 저층부의 여성 회원들을 향해 가볍게 고개를 끄덕거리며 인사를 했다. 자기들끼리 모여서 웅성거리던 그녀들은 성의 없게 고개를 까닥거렸다. 그린우드 아파트 단지는 77층 아파트 하나와 65층 아파트 세 개, 그리고 상가로 구성되어 있었다. 놀이터와 공원, 게스트룸, 도서관이 있는 내부 공원은 엄청 넓었다. 최고급인 이 단지에서도 눈에 보이지 않는 계급이 존재했다. 30층 이하의 저층과 55층까지의 중층, 그리고 그 이상의 고층은 가격과 평수가 달랐기 때문이다. 유혜린은 절대 이해하지 못했지만 거주자들은 비슷한 층끼리 모여 다녔다. 상대적으로 숫자가 적은 고층의 주민들은 그들에게 존경과 질투, 외면의 대상이었다. 그런 일에 무감각한 유혜린은 비교적 편하게 지낼 수 있었다. 창밖이 잘 보이는 곳에 매트를 깔아놓은 그녀는 명상부터 시작했다. 가부좌를 틀고 앉아 있는데 원장인 김해님이 다가왔다. 환갑의 나이에도 요가 수련을 게을리하지 않고 자기 관리가 철저한 탓에 40대 중반처럼 보였다. 그녀가 유혜린의 옆에 앉았다.

"원장님, 오늘 계셨네요?"

"오전에 세미나가 끝나서 바로 왔어. 쉴까 했는데 강아지 재롱보고 쉬는 것도 지겨워서."

작년에 외아들이 장가를 가고 나서 혼자 지낸다는 원장의 푸념에 유혜린이 가볍게 웃었다.

"저보다 낫네요. 저는 반려견이나 고양이도 없잖아요."

그녀도 그렇고 마이클도 동물들을 그다지 좋아하는 편은 아니라서 강아지나 고양이를 기르지는 않았다. 유혜린의 얘기를 들은 원장이 가볍게 웃었다.

"둘은 금슬이 좋으니까 부러워. 남편이 따라온대?"

"말은 그렇게 하는데 미국 출장이 잡혔어요."

"아쉽네. 마이소르에 갔다 와서 클래스 하나 맡아볼래?"

"제가요?" 유혜린이 원장을 바라보며 덧붙였다. "배운 지 3년밖에 안 됐는데요."

"혜린 씨는 재능이 있어. 내가 30년 동안 요가를 했지만 유혜린 씨만큼 빨리 배우는 사람은 손에 꼽을 정도야."

"고맙습니다. 그런데 제가 가르치면 싫어하는 원생들이 좀 있을 거 같은데요?"

그러면서 둘의 시선은 자연스럽게 아까부터 모여서 떠드는 회원들에게 향했다. 시선을 느끼지 못했는지 여전히 웃고 떠들던 회원들을 본 김해님이 얼굴을 찌푸렸다.

"요가 배우러 왔다고 하면서 먹고 마시는 것만 좋아하잖아. 분위기만 흐려서 생각 같아서는 쫓아내고 싶지만 여기 월세가 좀 비싸야지."

푸념을 늘어놓은 원장에게 유혜린이 말했다. "갔다 와서 생각해 볼게요, 원장님."

"그래, 하반기에 들어올 신입 회원들 좀 가르쳐줘. 회비는 안 받는 걸로 할게. 방도 필요하면 써. 주나 씨가 쓰던 방 비어 있어."

"알겠어요. 고마워요. 원장님."

"그래, 나는 가서 비위 좀 맞춰주고 올게. 원래도 별로였는데 작년에 들어온 신입 회원이 더 분위기를 흐려놨어."

혀를 찬 원장이 몸을 일으켜서 여성 회원들 쪽으로 걸어갔다. 그녀가 떠나고 유혜린은 매트 위에 앉아서 명상을 이어갔다. 사실, 결혼은 그녀에게 탈출이면서 또 다른 모험의 시작이었다. 갑작스러운 신분의 상승은 주변의 질투를 불러왔다. 그러면서 활달

한 성격의 그녀로서는 참기 어려운 외로움이 찾아왔다. 그걸 잊기 위해서 시작한 것이 요가였지만 이곳에서도 그녀를 향한 질투와 거리감은 사라지지 않았다. 그럴수록 유혜린은 더욱더 요가에 매달렸다. 그래서 원장의 권유로 요가의 시작점이라고 할 수 있는 마이소르에도 가기로 했다. 그곳에서의 수련은 요가를 배우는 사람들에게는 반드시 거쳐야 하는 코스였기 때문이다. 그래서 유혜린도 별다른 고민 없이 인도행을 선택했다. 명상에서 서서히 깨어나는데 원장의 웃음소리가 들렸다. 유혜린에게 했던 말과는 달리 원장은 그녀들과 어울려서 웃고 떠드는 중이었다. 외항사 승무원으로 일하면서 그런 경험을 많이 했던 유혜린은 원장의 속마음을 짐작하고는 가볍게 웃었다. 명상에서 완전히 깨어난 그녀는 천천히 물구나무서기를 준비했다. 다른 시퀀스에 들어가기 전에 항상 유혜린이 취하는 자세였다. 다리를 쭉 뻗은 유혜린은 거꾸로 보이는 세상을 바라보면서 갈팡질팡하는 마음을 다독거렸다.

일주일 후, 유혜린은 인도행 비행기를 타기 위해 인천국제공항에 도착했다. 휴가를 받은 세나와 같이 차를 타고 와서 헤어졌는데 같은 요가학원 멤버 10여 명과 원장도 비슷한 시간에 도착했다. 애초 목적은 마이소르에 있는 요가학원에서 요가를 하기 위해서였는데 원장의 강사 제안도 그렇고 아예 본격적으로 자격증까지 따버릴까 생각 중이었다. 반면, 다른 회원들은 그냥 특이한 지역으로 가는 여행 정도로 받아들였다. 유혜린은 비즈니스 클래스를 예약해서 라운지에 갈 수 있었지만 다른 일행들 때문에 그대로 남아서 수다 떠는 걸 옆에서 들었다. 원장이 굉장히 미안한 표정을 지었지만 유혜린은 괜찮다는 눈빛을 보냈다. 둥그런 소파에 앉은 회원들은 멀리 간다는 흥분감 때문인지 쉴 새 없이 떠들었다. 유혜린은 조용히 듣다가 가끔씩 맞장구를 쳐줬다. 그런데 갑자기 한창 떠들던 회원 중 한 명이 유혜린의 옆자리에 털썩 앉았다. 작년에 28층으로 이사를 온 남성신이었다. 코를 세우고 얼굴에 보톡스를 여러 번 넣은 얼굴은 나이를 짐작하기 어려웠다. 혼자 살고 있었고, 강아지나 고양이도 기르지 않았고, 찾아오는 가족이나 친구들도 없었다. 호텔을 오랫동안 운영하다가 나이가 들어서 팔고 은퇴했다는 얘기부터 일본에서 음식 장사로 돈을 벌어서 이사 왔다는 소문 정도가 돌았을 뿐이다. 사업가였다는 것은 사실이었는지 엄청 사교적이었고, 친화력이 대단했다. 그래서 아파트 단지에서는 은근히 무시당하는 저층에 살았지만 아는 사람들이 많았다. 하지만 유혜린은 왠지 그녀가 꺼려졌다. 흙수저로 자란 탓에 남들보다 눈치가 빨랐고, 항공사 승무원을 하면서 사람들의 태도나 말투를 보고 어떤 사람인지 알아차리는 능력이 생겼기 때문이다. 잘 차려입고 남에게 입바른 소리를 하면서 은근히 자기 생각을 강요하는 타입은 엮여서 좋을 게 없다는 게 그녀의 판단이었고, 대부분 틀리지 않았다. 그래서 조심스럽게 피해 다녔는데 공항에서 딱 마주친 것이다. 유혜린이 항공사 승무원 시절에 배운 어색함을 감추는 사무적인 미소를 지었다.

그러자 남성신이 배시시 웃으며 물었다. "자기는 비즈니스 타면서 왜 라운지로 안 가?"

"같이 있다가 비행기 타려고요. 혼자만 가는 건 좀 그렇잖아요."

"자기는 참 좋겠다. 비즈니스 타고 다니고 말이야."

질투와 부러움이 섞인 얘기에 유혜린은 대수롭지 않게 대답했다. "승무원으로 오래 일해서 허리랑 발목이 좀 안 좋아요. 그래서 남편이 비즈니스 타고 가라고 예약해줬어요."

"외국인이라며, 돈 많은."

늘 사람들이 궁금해하던 레퍼토리가 나온다는 생각에 유혜린은 이번에도 그냥 웃음으로 대답을 대신했다. 남성신은 그런 유혜린의 팔뚝을 가볍게 쳤다.

"어머, 좋겠다. 정말."

"잘해주고 있어서 나쁘지 않아요."

"여자 팔자는 어떤 남편을 만나느냐에 따라서 확 바뀐다잖아. 옛말 틀린 거 하나도 없다니까."

큰 목소리로 얘기한 남성신이 손으로 입을 가리고 우아한 척 웃었다. 듣기에 따라서는 그녀의 운명은 모두 남편에 의해서 결정되었다는 뜻이라 지겹기도 하고 짜증이 나기도 했다. 그렇다고 싸울 수도 없는 노릇이라서 그냥 듣고만 있었다. 다행히 면세점에 물건을 사러 갔던 가정부 세나가 인사를 하러 왔다. 세나와 얘기를 나누기 위해 일어나자 남성신은 더 이상 붙잡지 못하고 바라만 봤다. 옆에 있는 소파로 간 유혜린은 세나를 붙잡고 일부러 시간을 끌었다. 눈치가 빠른 세나 역시 일부러 유혜린의 앞을 가려줘서 시선을 차단해버렸다. 그렇게 출발 시간이 다 될 때까지 시간을 끈 다음에 안내 방송을 듣고 천천히 일어났다. 탑승구가 다른 세나를 보낸 뒤 유혜린은 비즈니스 승객용 탑승 게이트로 가서 먼저 들어갔다. 좌석을 확인한 유혜린은 가지고 온 기내용 캐리어를 위에 넣고 천천히 자리를 정리했다. 기내 승무원이 도와주려고 다가왔지만 유혜린은 괜찮다는 눈빛을 보냈다. 자리에 앉은 유혜린은 의자를 최대한 뒤로 민 다음에 담요를 덮었다. 방송을 체크하는 승무원의 목소리가 들렸다. 갤리에서 간단한 미팅을 마친 승무원들이 비즈니스와 이코노미 좌석을 구분하는 커튼을 쳤다.

방갈로르공항에 도착한다는 안내 방송에 자고 있던 유혜린은 눈을 떴다. 승무원들이 다니면서 짐을 챙겨줬는데 이번에도 유혜린은 능숙하게 짐을 정리하고 머리를 다듬었다. 비행기가 멈추고 먼저 내린 유혜린은 캐리어를 옆에 두고 일행을 기다렸다. 잠시 후에 짐을 끌고 나온 일행들과 함께 공항을 빠져나온 유혜린은 택시를 타고 마이소르로 향했다. 비행기를 오랫동안 타서 지친 탓인지 남성신을 비롯해서 모두 말이 없었다. 한때 마이소르 왕국의 수도였던 마이소르는 전 세계에서 요가를 배우러 온 사람들로 가득했다. 번잡한 시장 입구에서 택시들이 멈추고 이곳에 몇 번 와 봤던 원장이 제일 먼저 내렸다.

"따라오세요. 숙소에 짐을 풀고 식사를 할 겁니다."

캐리어 가방을 끌고 바나나와 커리 가루가 가득한 시장을 지나자 2층으로 된 서양식 건물이 나왔다. 안으로 들어간 원장이 영어로 외치자 인도 전통 옷인 사리를 걸친 여성들이 나오면서 반갑게 인사를 했다. 남성신은 엘리베이터가 없다고 투덜거렸는데 그걸 들은 인도 여성이 한국말로 자기가 들어주겠다고 대답했다. 뻘쭘해진 남성신을 보고 얼굴을 찌푸린 유혜린은 캐리어를 들고 계단을 올라갔다. 삐걱거리는 나무 계단을 오르자 방들이 쭉 보였다. 눈치 빠른 원장이 유혜린이 쓰는 방을 끝으로 잡아줬다. 그곳으로 캐리어를 끌고 가서 문을 열었다. 방은 침대와 긴 책상, 그리고 화장실과 샤워실이 딸려 있었다. 하늘색 페인트가 칠해진 벽에는 꽃다발이 하나 걸려 있었고, 향을 미리 피워놨는지 은은한 냄새도 나쁘지 않았다. 캐리어를 한쪽 벽에 붙인 유혜린은 침대에 앉아서 창밖을 내려다봤다. 붉은색 릭샤 한 대가 좁은 골목을 빠른 속도로 지나가다가 갑자기 멈췄다. 앞에 얼룩소가 천천히 지나가고 있었기 때문이다. 릭샤에 탄 승객들은 뭔가 급한 일이 있는 것 같았지만 얼룩소는 비킬 생각을 하지 않았다. 한국 같았으면 클랙슨을 엄청 눌러대거나 욕설을 했을 법했지만 릭샤는 그대로 기다렸다.

5분 정도 후에 얼룩소가 옆으로 비킨 다음에야 릭샤는 제 갈 길을 갔다. 때맞춰 비가 내리자 유혜린은 창문을 닫으며 중얼거렸다.

"이게 바로 인도지."

다음 날부터 수업이 시작되었다. 마치 미군 퀀셋 막사처럼 생긴 요가학원에는 전 세계에서 온 수백 명의 수강생들이 있었다. 온몸에 문신을 하고 수염이 덥수룩한 서양인부터 얼굴이 까무잡잡한 인도인들까지 다 같이 요가 매트 위에서 스승의 동작을 따라 했다. 한국에서 배운 것과 크게 다를 건 없었지만 색다른 분위기 속에서 고요함을 느낄 수 있었다. 유혜린은 요가 수업을 듣고 근처 식당에서 커리와 로티를 비롯해 여러 인도 음식이 나오는 탈리를 즐겼다. 도착한 7월은 몬순 시즌이라 하루의 절반은 비가 내렸다. 데라바자 마켓에서 산 인도 전통 의상인 사리와 슬리퍼를 신고 숙소와 요가학원을 오갔다. 시간이 남으면 마이소르 관광을 즐겼는데 도착하고 일주일 정도 지나서 인도의 스승의 날 격인 구루 푸르니마를 맞이했다. 수강생들이 산 꽃다발들에 둘러싸인 늙은 스승은 몹시 행복한 표정을 지었다. 행사가 끝나고 나온 유혜린과 일행은 남인도 음식인 도사를 먹으러 갔다. 남성신을 비롯한 일행들은 한국 음식을 먹고 싶다고 난리를 쳤지만 유혜린은 인도 음식이 나쁘지 않았다. 성난 민심을 달래기 위해 김해님 원장이 내일은 감자튀김을 파는 펀자브 레스토랑에 가자고 말했다. 하지만 유혜린은 계속 생각에 잠겼다. 인도에서 배운 요가는 원장이 가르치는 것과 여러모로 달랐다.

식사를 마치고 나서 물을 마시던 유혜린이 중얼거렸다. "너무 다르네."

유혜린은 한국으로 돌아가면 버터플라이 요가학원은 그만 다녀야겠다고 마음먹으며 식사를 마쳤다.

그때 원장이 물었다. "오후에 시간이 남으니까 차문디 힐에 올라갈까요?"

"산은 딱 질색인데."

회원 중 한 명의 반박에 원장이 웃으면서 대꾸했다. "마이소르에 와서 차문디 힐을 안 오르면 손해잖아요. 릭샤 타고 가면 금방이래요."

원장의 말에 다들 고개를 끄덕거렸다. 안 간다고 하면 혼자 숙소로 돌아가야 하는데 그건 또 싫은 모양이었다. 식당을 나와서 릭샤를 나눠 타고 차문디 힐로 향했다. 유혜린은 남성신이 릭샤에 타는 걸 보고 다른 걸 탔다. 가까이하기 불편하기도 했지만 공항에서부터 맡은 짙은 향수 냄새 때문에 머리가 아픈 것도 한 가지 이유였다. 입생로랑 리브르 계열의 향수 같았는데 그녀가 가장 싫어하는 라벤더 향이 물씬 풍겨왔기 때문이었다. 그런 속사정을 눈치채지 못한 원장은 신이 나서 떠들었다.

"주변에 산이 없어서 경치가 정말 좋을 거야."

비좁은 시장 거리와 차와 오토바이로 꽉 찬 도로를 한참 달려서 차문디 힐 입구에 도착했다. 원장은 붉게 칠해진 1,000개의 계단을 올라가야 하지만 주변에 산이 없어서 경치는 정말 좋다고 말했다. 가는 중간중간 원숭이들이 많았다.

유혜린이 원장을 바라보며 원숭이가 많은 이유에 대해 묻자 원장이 여유롭게 대답했다.

"원숭이 신 하누만을 모시는 곳이 있어서 그런가 봐."

꺅꺅거리는 원숭이들을 지나쳐 차문디 힐 정상에 오르자 사원이 보였다. 오면서 스쳐 지나간 마이소르 궁전보다는 훨씬 작았지만 일행들의 눈길을 끌기에는 부족함이 없었다. 뒤쪽으로는 마이소르 시내가 내려다보였다. 그곳에는 인도인 가족들이 놀러 와서 휴식을 즐기는 중이었다. 유혜린은 혼자 있고 싶어서 좀 더 높은 곳으로 올라가겠다고 말하고는 발걸음을 옮겼다. 계단을 올라서 더 높은 곳에 도착하자 마이소르 시내가 더 잘 보이는 바위들이 있었다. 그중 빈자리에 앉은 유혜린은 쏟아지는 햇살을 올려다봤다. 삶에 대한 여러 가지 생각들과 앞으로 요가를 어떻게 배울지 고민에 잠겼다.

"일단 요가학원은 그만 다녀야겠어."

이것저것 챙겨주고 신경 써준 원장에게는 미안하지만 제대로 된 요가를 배우고 가르치고 싶었다. 거기다 원장이 남성신을 비롯한 다른 사람들의 눈치를 보고 비위를 맞춰주는 것도 마음이 내키지 않았다. 김해님 원장은 좋은 게 좋은 거라는 식으로 넘어갔지만 예민한 성격의 유혜린은 유독 자신에게 관심을 드러내고 모든 일의 중심에 있으려고 하는 남성신이 마음에 들지 않았다. 생각에 잠겨 있던 유혜린은 익숙한 음악이 들리자 고개를 돌렸다. 바로 옆에 인도 가족들이 놀러 왔는데 열 살 남짓한 남자아이가 K-POP에 맞춰서 춤을 추는 중이었다. 삼각대에 휴대폰을 끼워놓고 촬영하는 걸 봐서는 틱톡 같은 걸 하는 듯했다. 주변을 둘러싼 할머니와 부모님이 모두 박수를 치며 좋아하자 아이는 더 신이 나서 춤을 췄다. 그러다 유혜린과 눈이 마주쳤다. 유혜린이 잘한다는 뜻으로 엄지손가락을 치켜세우자 아이는 더 신나게 춤을 췄다. 다시 시선을 하늘로 돌리는데 멀리서 가느다란 비명 소리가 들렸다.

"뭐지?"

우연찮게 시선의 끝자락에서 차문디 힐에서 아래로 누군가 떨어지는 게 보였다. 두 팔을 허우적거리며 떨어진 사람은 아래쪽으로 사라져서 더 이상 보이지 않았다.

"뭐지?"

갑작스럽게 벌어진 비현실적인 일에 유혜린은 물론 주변의 인도인들까지 술렁거렸다. 춤을 추던 남자아이가 소리를 질러대면서 휴대폰을 그쪽 방향으로 돌리는 게 보였다. 앉아 있던 유혜린 역시 불안함에 일어나서 아래쪽을 바라봤다. 잠시 후, 원장과 일행들이 하얗게 질린 얼굴로 올라오는 게 보였다.

제일 앞에 선 원장이 호들갑을 떨면서 물었다. "성신 씨 봤어?"

"아뇨, 올라온 이후에 못 봤어요."

"방금 누가 떨어졌는데 성신 씨가 안 보여서 말이야."

불안감이 얼핏 머리를 스쳐 지나갔다.

잠시 숨을 고른 유혜린이 말했다. "저기 아래쪽 바위에서 누가 떨어지는 걸 봤어요. 같이 가봐요."

유혜린은 앞장서서 일행을 이끌었다. 떨어진 곳을 정확히 찾을 자신은 없었지만 다행히 군중들이 모이면서 자연스럽게 위치를 찾을 수 있었다. 원숭이의 신 하누만을 모시는 작은 동상 뒤쪽으로 툭 튀어나온 바위가 보였다. 한국 같았으면 안전 펜스에 접근금지 표시판이 붙어 있을 법한 곳이지만 아무것도 없었다. 웅성거리는 인도 사람들을 제치고 다가가자 바위 끝에 신발과 선글라스가 보였다. 둘 다 남성신이 사용했던 물건이라는 걸 금방 알아차릴 수 있었다. 놀란 원장은 그 자리에서 주저앉았다. 유혜린 역시 어처구니없는 상황에 할 말을 잊었다. 수염이 잔뜩 난 인도 아저씨 몇 명이 사람이 떨어졌다는 손짓을 했다. 그리고 인도식 영어인 힌글리시로 코리아 어쩌고, 라고 말했다. 머리가 멍해진 유혜린은 그 자리에 주저앉았다.

폭풍 같은 일주일이 지나갔다. 누군가의 신고를 받고 출동한 인도 경찰이 절벽 아래 시신을 수습했고, 다음 날 첸나이에 있는 대한민국 영사관에서 외교관이 찾아왔다. 결국, 수업은 제대로 받지 못하고, 빠른 귀국이 결정되었다. 숙소에서 멍하게 시간을 보내던 유혜린에게 원장이 찾아왔다.

"방금 영사관 직원이 성신 씨 아이패드에서 유서를 찾았어."

"유서요?"

"어, 메일에 적어놔서 못 찾을 뻔했나 봐."

"뭐라고 적혀 있었대요?"

유혜린의 물음에 이번에는 원장이 얼굴을 찌푸렸다. 기억을 더듬기 위해서였는지 잠시 후, 입을 열었다.

"사는 게 귀찮다, 인도에 와보니까 삶의 의미가 무엇인지 모르겠다, 이제 바람처럼 사라져주는 게 내 삶의 완성인 거 같다, 정도."

원장의 얘기를 들은 유혜린은 자신이 봤던 광경을 떠올렸다. 자기의 의지로 떨어지는 사람 같지 않았다는 게 기억난 유혜린은 고개를 갸웃거렸다.

"그럴 사람 같지는 않았는데요."

유혜린의 얘기를 들은 원장이 바로 맞장구를 쳤다.

"그렇지? 나도 그게 이상했어. 그런데 유서가 나왔다니까 자살로 결론이 날 것 같아."

"그런데 유서는 직접 손으로 쓰는 거 아니었어요?"

"요즘은 휴대폰이나 노트북으로도 남겨놓는다고 그러더라."

"그런가 보네요. 잘 알지는 못하지만 자살할 사람으로 보이지는 않았는데요."

유혜린의 말에 원장이 고개를 끄덕거렸다. "어떻게 하면 사람들을 더 사귀고 얘기를 나눌까 고민했었잖아. 만나면 내일 뭐하고, 모레 뭐할지 떠들던 사람인데 말이야."

"자살을 하려면 이유가 있어야 하잖아요."

유혜린은 과거의 기억을 더듬거려봤다. 여러 가지 일들을 겪었고, 그중에는 죽음도 있었다. 외항사 승무원 시절 홍콩 출신의 동료가 숙소에서 자살한 적이 있었다. 다들 뜬금없어 했지만 유혜린은 그녀가 오래 사귄 남자친구와 헤어지고 힘들어한 것을 꿰뚫어보고 있었다. 비슷한 경험이 있었기 때문이다. 그런 유혜린의 경험을 비춰보면 남성신은 자살할 이유가 없었다. 끊임없이 뭔가를 탐구하고 타인에게 관심이 많았다. 사람은 보통 실패하고 좌절하면 극단적인 선택을 한다. 하지만 남성신은 실패와 좌절 같은 걸 오래 품을 스타일이 아니었다. 거기다 낯설디 낯선 인도에서 자살을 결행하는 것도 이상했다. 생각에 잠겨 있던 유혜린의 의문을 눈치채기라도 했는지 원장이 슬쩍 말했다.

"영사관 직원한텐 말하지 않았는데 이상한 점이 있긴 있었어."

"뭔데요?"

"골드 클래스에 가입하고 싶다고 하면서 선금을 냈었거든, 석 달 치를."

"골드 클래스를요?"

유혜린이 떨떠름한 반응을 보이자 원장이 더듬거리며 대답했다. "예전부터 들어오고 싶어 했는데 계속 안 된다고 했지. 그런데 너무 졸라서 말이야."

원장이 유혜린의 눈치를 본 이유는 암묵적인 규칙 때문이었다. 그린우드 아파트 단지에 있는 요가학원은 몇 개의 클래스로 구분되었다. 가장 상위인 골드 클래스는 월 회비가 100만 원이 넘었고, 무조건 석 달 치를 한 번에 내야만 했다. 그리고 55층 이상의 입주민들만 들어갈 수 있었다. 죽은 남성신은 28층에 살고 있었기 때문에 골드 클래스에는 가입할 수 없었다. 원장이 돈 욕심 때문에 암묵적인 규칙을 깬 것도 화가 났지만 다른 점에서 의문이 들었다.

"석 달 치면 300만 원이 넘잖아요."

"400만 원 가까이 받았어. 유정 씨한테 강습을 듣고 싶다고 해서 그 수강료까지 포함해서 말이야."

"유정 씨 강습료가 그 정도는 아니잖아요."

"자꾸 귀찮게 해서 좀 높게 불렀거든."

"그런데도 들어오겠다고 한 거예요?"

대답 대신 고개를 끄덕거린 원장이 조심스럽게 덧붙였다. "유혜린 씨랑 같은 시간대에 요가를 하고 싶다고 알려달라고 했어."

"저랑요?"

인도로 오는 공항에서 보인 까칠하고 신경질적이었던 남성신의 태도를 떠올린 유혜린은 저도 모르게 얼굴을 찌푸렸다.

그러자 김해님 원장이 얼른 대답했다. "그게 말이야, 성신 씨 스타일이야."

"스타일이요?"

"응, 처음에는 신경질적이고 까칠하게 굴다가 나중에 친해지더라. 자기도 알지. 56층에 살다가 지난달에 이사 간 혜령이 엄마."

"네."

"그 엄마도 성신 씨 싫어했거든. 그런데 나중에는 자매처럼 팔짱 끼고 다니더라고, 혜령이 엄마에게 물어보니까 처음에만 그랬지 가까워지니까 정말 많이 챙겨줘서 친언니 같았다고 했어."

"처음에는 까칠하게 굴다가 나중에 친해지는 타입이네요."

마이클과 결혼하기 전에 만난 예전 남자친구의 방식과 비슷해서 유혜린은 고개를 절레절레 저었다. 헤어질 때쯤 왜 그랬느냐고 묻자 전 남자친구는 차갑게 웃으면서 처음부터 잘해주면 티가 나지 않는다고 대답했었다. 기분이 더 나빠진 유혜린에게 김해님 원장이 달래듯이 말했다.

"사람마다 사는 방식이 달라서 그렇지. 보아하니 옛날에는 험하게 살았던 거 같아."

"그러고 보니 이사 오기 전에 뭘 했는지 전혀 모르네요."

"나도 몇 번 물어봤는데 그때마다 대충 얘기하고 넘어가더라. 이상하긴 했는데 더 캐묻진 못했지."

"그런데 젊었을 때 고생했을 거라는 건 어떻게 알았어요?"

"손을 보면 알지." 손바닥을 그녀에게 내민 원장이 덧붙였다. "손은 거짓말을 안 해. 아니, 못 해. 네일 아트도 화려하게 하고, 가꿨지만 손이 거칠었어. 습진도 조금 있는 거 같았고 말이야. 습진이 왜 생기는지 알지?"

"물론이죠. 손에 물을 많이 묻히면 생기잖아요."

그러면서 유혜린 역시 뒤집은 손바닥을 내려다봤다. 특히 오른손에 습진이 있어서 치료하느라 오랫동안 고생을 해야만 했다. 가정부인 세나 덕분에 물을 묻힐 일이 거의 없는 상황임에도 얼마 전까지 습진이 사라지지 않았었다.

유혜린이 흥미를 느끼고 물었다. "그럼 어떻게 돈을 모아서 여기로 온 거죠?"

그린우드는 입주 때부터 고액의 분양가를 자랑했다. 그녀가 남편 마이클과 사는 76층이 가장 비쌌는데 150평이 넘는 넓이라서 수십억은 너끈히 넘겼다. 저층은 50평대가 많았는데 그래도 서울 강남 못지않은 분양가를 자랑했다.

잠깐 생각하던 원장이 대답했다. "그러게, 돈을 어떻게 모았는지 말을 하진 않았어. 그래서 이상한 소문도 났잖아."

"어떤 소문이요?"

"술집을 해서 돈을 벌었다는 얘기도 있었고, 부동산 투기로 떼돈을 벌었다는 소문도 있었지. 확실히 돈은 많은 거 같긴 했는데

속 빈 강정이라는 얘기도 돌았어."

"속 빈 강정이요?"

"우리 상가에 있는 미래부동산 알지?"

"네."

"거기 사장이 그러는데 이사 왔다는 사실을 숨기려고 이것저것 손을 썼나 봐."

"숨긴다고요?"

서울 남부와 인접한 경기도에서 가장 비싼 그린우드에 사는 건 많은 사람의 꿈이었다. 그래서 이사 오는 날이면 다들 온갖 난리법석을 떨었다. 그런데 조용히 들어와서 지내려고 했다는 게 이상했다. 거기다 남성신은 떠들고 다니면서 자기 존재감을 드러내는 타입이었다.

이해가 가지 않은 유혜린이 덧붙여서 물었다. "그린우드에 사는 걸요?"

"아파트를 살 때도 자기 이름으로 안 살 방법이 있는지 물어봤었다고 그랬어. 아파트 입주민 명단에도 자기 이름을 올리지 않았고 말이야."

"여긴 숨어 살 만한 곳은 아닌데요."

"그렇지. 그래서 좀 이상하다고 생각했어. 그런데 만나보면 딱히 뭔가를 감추고 있는 사람인 거 같진 않아서 말이야." 원장은 곤란해하는 눈빛을 보이더니 조심스레 물었다. "돌려줘야 할까?"

"뭘요?"

유혜린의 반문에 원장이 한숨과 함께 입을 열었다. "미리 받은 회비 말이야."

살짝 어이가 없어진 유혜린이 대답했다. "줄 사람이 없잖아요. 일단은 가지고 계세요."

"그래도 되려나?"

공돈을 돌려주지 않아도 된다고 생각했는지 원장의 표정이 풀어졌다. 그러면서 최근 요가학원의 경영이 힘들어졌다는 푸념을 늘어놨다. 하지만 유혜린의 마음속은 이미 의문으로 가득 찼다.

창밖으로는 다시 비가 내리기 시작했다. 느긋하게 걷던 사람과 동물들 모두 비를 피해 사라지면서 꽉 차 있던 거리는 삽시간에 텅 비어버렸다.

과거

수영장

"정숙아! 어디 가?"

선글라스를 낀 채 아파트 정문을 나와서 걷던 한정숙은 뒤에서 들려오는 목소리에 고개를 돌렸다. 주인공은 같은 동에 사는 동갑내기 김미형이었다. 머리에 미용실의 비닐 헤어 캡을 뒤집어쓴 김미형은 뻥튀기를 먹는 중이었다. 바스락거리는 소리를 내며 다가오는 그녀에게 한정숙이 짜증을 냈다.

"옷에 튀잖아."

"꼴갑을 떤다. 옷에 뻥튀기 가루 튀었다고 누가 뭐라고 한대? 배 나온 아줌마 주제에."

틀린 얘기는 아니라서 한정숙은 얼굴을 찡그리기만 했다. 김미형이 그런 한정숙의 입에 뻥튀기를 물렸다.

"어딜 그렇게 꽁지 빠지게 가는 거야?"

입에 뻥튀기를 문 한정숙은 어깨에 멘 가방을 보여줬다. 그걸 본 김미형이 피식 웃었다.

"또 수영장 가는 거야? 목욕탕도 가지 않더니?"

"건강에 좋잖아. 이제 우리도 건강 생각해야지."

"웃기고 있네. 솔직히 얘기해봐. 새로 온 수영 강사 때문이지? 기생오라비 말이야."

"선생님한테 기생오라비가 뭐야."

"아이고, 갈수록 태산이네."

한정숙은 뻥튀기를 먹어치운 후 김미형에게 대꾸했다. "뭐가 태산이야."

"됐고, 이따가 화투 치러 올 거야?"

"안 돼."

고개를 저은 한정숙에게 김미형이 코웃음을 쳤다.

"왜? 남편이 가지 말래?"

한정숙은 대답 대신 선글라스를 벗었다. 한쪽 눈에 멍이 든 것을 본 김미형이 깔깔거렸다.

"남편한테 한 대 맞았네."

"한 대면 이렇게 부었겠어? 두 대 연달아 맞았는데 눈에서 불이 번쩍 보이더라."

"언제는 물편치라며? 맞아도 안 아프다더니."

"요새는 장난 아니게 아파."

도로 선글라스를 쓴 한정숙의 대답에 김미형이 남은 뻥튀기를 먹으며 물었다.

"의붓아들은 요즘 말썽 안 부려?"

"안 부리긴, 교실에서 바깥으로 화분을 던졌다고 학교에 오라고 연락 왔어."

"왜? 투포환 연습한 거야?"

"수업 시간에 졸았다고 뺨 때린 선생님을 맞힌다고 던진 거래."

"뭐라고?"

"더 웃긴 건 뭔지 알아? 못 맞혔어."

"아이고야."

김미형이 배꼽을 잡고 웃었다. 지나가던 할아버지가 몸부림을 치며 웃는 김미형을 못마땅한 눈으로 흘겨보고는 지나갔다. 둘은 그러거나 말거나 길거리 한복판에 서서 떠들었다. 그러다가 한정숙이 메고 있던 가방에서 요란한 벨소리가 들렸다. 가방의 지퍼를 열고 안에 든 시티폰을 꺼냈다. 다행히 근처에 공중전화 부스가 있어서 통화를 할 수 있었다.

— 여보세요?

— 그래, 여보 맞아. 어디야?

— 썰렁하긴, 수영 간다고 했잖아요.

— 그런데 왜 길바닥에서 노닥거려?

남편의 퉁명스러운 목소리에 한정숙은 고개를 돌려서 아파트 단지 입구를 바라봤다. 남편이 모는 파란색 무쏘가 요구르트 수레 옆에 서 있었다. 운전석의 창문 밖으로는 살이 뒤룩뒤룩 찐 팔이 보였다. 그걸 본 한정숙이 얼굴을 찌푸렸다.

— 지금 나 감시 중이야?
— 바람났나 안 났나 지켜보는 중이지. 툭하면 화투 치고 술 마시고 나이트 드나드는데 믿을 수가 있어야지.

남편의 이죽거리는 말투에 한정숙은 시티폰에 대고 소리쳤다.

— 웃기고 있네. 애 딸린 홀아비인 걸 속여서 결혼해놓고서는.
— 너, 내가 아니었으면 지금 감방에서 푹 썩고 있었을걸? 몇 대 더 맞기 전에 정신 차려.
— 마누라 패는 게 자랑이야?
— 사람들 앞이라고 자꾸 까불래? 이따 들어와서 보자.

통화를 끝낸 남편은 운전석의 유리창을 닫고 무쏘를 출발시켰다. 새까맣게 선팅을 한 무쏘는 그녀의 앞을 스치듯이 지나갔다.

부정할 수 없는 남편의 말에 속이 상한 한정숙은 짜증을 냈다. 그 모습을 본 김미형은 겁이 났는지 얌전히 미용실로 돌아갔다. 홀로 남은 한정숙은 시티폰을 가방에 집어넣고 터덜터덜 걸었다. 짜증이 나서 큰소리를 치긴 했지만 남편의 말 중에 틀린 건 없었다. 집안이 가난했던 한정숙은 여상을 졸업하고 경기도에 있는 작은 회사에 경리로 취직했다. 난생처음 돈을 벌고 집에서 나와 살면서 그녀는 세상이 이렇게 재미난 곳이라는 걸 처음 알게 되었다. 특히, 나이트클럽이 그녀의 마음을 온통 사로잡았다. 정신없게 만드는 조명 아래에서 터보나 쿨의 노래에 맞춰서 춤을 추면 남자들의 시선이 모였다. 그렇게 지내다 보니 씀씀이가 커졌다. 특히, IMF가 끝나고 카드를 잔뜩 쓰기 시작하면서 한정숙은 카드를 여러 개 만들어서 비싼 옷을 사고 술을 마시러 다니면서 많은 남자들을 만났다. 그러다 재수 없게 원나이트를 한 남자의 아이를 임신한 적도 있었다. 동거하던 남자에게 네 아이라고 속여서 출산을 했는데 혈액형이 달라서 들통나고 말았다. 한정숙은 아이를 보육원에 보내 버리고 다시 경기도에 있는 작은 가구 공장의 경리로 취직했다. 그리고 다시 돈을 흥청망청 쓰기 시작했지만 쥐꼬리만 한 월급으로는 턱도 없을 정도라서 여러 카드로 돌려막기를 해야만 했다. 그러다가 결국 회사 공금에 손을 대고 말았다. 마침, 다른 경리 직원들이 퇴사하고, 경리과장과 그녀만 남은 상태였다. 경리과장은 사장의 남동생으로 장부도 볼 줄 몰랐다. 그래서 한정숙은 처음에는 찔

끔찔끔 가져가다가 나중에는 대범하게 몇백만 원을 훔쳤다. 그 돈으로 나이트클럽에 가고 평소 백화점에서 구경만 하던 명품 백 같은 것을 사들였다. 하지만 꼬리가 길면 잡히는 법, 바보 같던 경리과장이 무슨 낌새를 챘는지 장부를 뒤져본 것이다. 결국, 돈을 빼돌린 걸 들키고 말았다. 횡령한 돈을 전부 토해내고 감옥에 가야 한다는 사실에 눈앞이 깜깜해진 한정숙 앞에 구세주같이 등장한 사람이 바로 남편이었다. 거래처 직원이었던 그는 경리과장을 구워삶아서 그녀가 사표를 내고 퇴직금을 받지 않는 선에서 일을 마무리 지어주었다. 덕분에 감방에 가서 콩밥을 먹지 않게 된 한정숙은 자연스럽게 그와 결혼을 하게 되었다. 그러고 나서 알게 되었다. 남편에게는 이전에 결혼한 여성과의 사이에서 낳은 아들이 하나 있다는 것, 그리고 남편의 성격이 생각보다 나쁘다는 것을 말이다.

남편 송창래의 취미는 음주와 폭력이었고, 그것 때문에 전부인은 아들을 놔두고 집을 나갔다. 그리고 그 자리는 한정숙의 자리가 되었다. 의처증 증상을 가지고 있던 남편은 걸핏하면 주먹을 휘둘렀다. 거기다 의붓아들도 아버지를 쏙 빼닮아서 학교와 동네에서 말썽을 피우기 일쑤였다. 당장이라도 도망치고 싶었지만 그랬다가는 남편이 세상 끝까지 쫓아올 거 같았고, 횡령한 것이 공개되어 감옥에 가게될까 봐 겁이 났다.

그녀는 저도 모르게 중얼거렸다. "내 인생은 갇혀버린 거 같아."

한정숙은 신호등을 기다리면서 이런저런 일들을 생각하느라 괜스레 짜증이 났다. 바로 옆 전파사의 라디오에서는 밀레니엄을 앞두고 많은 일이 벌어질 것이라는 사회자의 격앙된 목소리가 들렸다. 앞자리가 1에서 2로 바뀌는 순간 컴퓨터에 이상이 생기고, 큰 혼란이 찾아올 것이라는 내용을 들으면서 콧방귀를 뀌었다.

"내일 일도 모르는데 무슨."

그녀의 말을 듣기라도 한 건지 라디오의 사회자가 리셋을 해야 한다고 목소리를 높였다. 신호가 바뀌고 횡단보도를 건넌 한정숙은 아파트 후문 입구에 있는 상가로 들어갔다. 아파트가 커서 내부로 가는 것보다 정문으로 나가서 후문으로 가는 게 더 가까웠다. 상가 1층에 있는 하디스 햄버거 가게를 보고 잠시 고민에 빠졌지만 출렁거리는 배를 한번 만지고는 그냥 지나갔다. 입구 옆에 있는 계단을 내려가자 수영장 특유의 냄새가 코를 찔렀다. 활짝 열린 철문을 들어가자 왼쪽에 매점이 있고, 오른쪽에는 수영장 입구가 있었다. 매점에서 들려오는 라면 냄새에 잠깐 흔들렸지만 역시 참고 오른쪽으로 갔다. 유리문을 열고 들어가자 수영장이 보였다. 색색 가지 수영복을 입은 사람들이 저마다 몸을 풀고 있었다. 아는 사람들과 눈인사를 한 한정숙은 로커룸으로 들어갔다. 신고 있던 슬리퍼를 넣고, 옆에 있는 평상에 가방을 올려놨다. 가방에 들어 있던 수영복과 수영모, 그리고 수경을 꺼냈다. 간단하게 샤워를 하고 수영복으로 갈아입은 한정숙은 로커룸을 나왔다. 명동의 신세계백화점에서 세일할 때 산 파란색 아레나 수영복을 처음 입어본 것인데 매장 점원의 말대로 옆구리와 뱃살을 최대한 감춰 주었다. 거기다 옆에 하얀색 선이 그어져 있어서 날렵하고 우아해 보였다. 같이 산 하얀색 수영모도 마음에 들었다. 수영장으로 다가간 그녀는 수영모와 수경에 물을 적셨다. 그리고 옆에 있는 유아용 풀로 걸어갔다. 먼저 와 있던 같은 클래스의 회원들이 아는 척을 했다. 가볍게 고개를 끄덕거린 한정숙은 빈자리에 엉덩이를 걸치고 앉았다. 두 다리를 물속에 집어넣고 가볍게 물장구를 치는데 옆에서 소곤거리는 소리들이 들렸다. 주로 어제 방영한 드라마나 시장의 콩나물 값이 얼마나 올랐는지였다. 가볍게 물장구를 치던 그녀는 멀리서 걸어오는 강사 이진호를 보고 반색을 했다. 펑퍼짐하고 걸핏하면 방귀를 뀌어대면서 코를 파는 남편과 달리 이진호는 새하얀 피부에 단정한 머리, 그리고 깔끔한 서울 말투를 써서 그녀를 설레게 만들었다. 뱃살이 두툼한 남편과 비교될 만한 탄탄한 가슴 근육과 식스 팩은 아무리 봐도 질리지 않았다. 1년 전부터 수영장을 다닌 한정숙은 25미터 수영장을 몇 번씩 왕복할 수 있을 정도로 수영을 잘했지만 이진호를 보기 위해 일부러 기초반에 등록했다. 보면 볼수록 연예인을 보는 기분이었는데 그런 한정숙의 속마음을 아는지 모르는지 이진호는 활짝 웃었다.

"좋은 아침입니다, 회원님들."

다들 응답을 하자 이진호가 앞에 서서 허리에 손을 올렸다.

"이번 시간에도 발장구를 치도록 하겠습니다. 옆에 저 풀로 얼른 들어가고 싶으시죠?"

"네!"

회원들이 일제히 소리치자 이진호가 하얀 이를 드러내며 미소를 지었다.

"자, 여러분 심정은 이해하지만 모든 일에는 단계라는 게 있어요. 계단 말고 단계요."

재미없는 아재 개그라서 다들 쓴웃음을 지었지만 한정숙은 그 농담마저도 재미있었다. 혼자서 신나게 웃은 이진호가 갑자기 한정숙 옆에 앉았다. 그러고는 상쾌한 목소리로 덧붙였다.

"오늘도 신나게 발차기 훈련을 하도록 하겠습니다. 엄지발가락 어떻게 하라고 했죠?"

"세우지 말고!"

회원들이 한목소리로 외치자 이진호가 엄지손가락을 폈다가 접었다.

"발가락은 전부 다 쭉 뻗어야 합니다. 한 마리의 물고기가 되어야 물과 싸워 이길 수 있으니까요."

"물고기는 사람한테 못 이기잖아요."

항상 이상한 소리를 해서 분위기를 어색하게 만드는 민욱이 엄마의 말에 다들 웃었다. 발끈한 한정숙이 민욱이 엄마를 향해 쏘아붙였다.

"선생님 얘기하는데 그렇게 토를 달 거야?"

"토를 달든 말든 무슨 상관인데?"

민욱이 엄마가 앙칼진 목소리로 쏘아붙이자 분위기는 삽시간에 얼어붙었다. 어색한 분위기는 이진호가 발로 물장구를 치면서 끝났다.

"자! 시작합니다. 하나! 둘! 셋!"

사방으로 물이 튀자 주로 아줌마들인 회원들이 삽시간에 장난꾸러기로 돌변했다. 서로 물을 뿌리면서 발을 힘차게 움직였다. 한정숙은 그 틈을 노려서 이진호에게 물을 뿌렸다. 물을 맞은 이진호가 어린아이처럼 활짝 웃었고, 그걸 본 한정숙의 가슴은 더없이 설렜다.

수영 강습이 끝나고 밖으로 나온 한정숙은 가방을 어깨에 멘 채 주변을 서성거렸다. 봄의 끝자락이라서 그런지 살짝 쌀쌀했지만 주먹질만 하는 남편과 싸가지 없는 의붓아들 녀석이 있는 집으로 들어가고 싶지는 않았다. 바로 앞에 있는 한빛은행에 잠깐 들어가서 잡지라도 보고 나올까 고민하고 있는데 이진호가 트레이닝복을 입고 나오는 게 보였다. 한정숙은 은행에서 나오는 척하면서 걸어갔다. 자연스럽게 횡단보도 앞에서 마주치게 되었는데 주머니에 손을 넣고 걸어가던 이진호는 한정숙을 보고는 깜짝 놀랐다.

"아! 회원님, 안 가셨어요?"

"예, 은행에 볼일이 좀 있어서요."

배시시 웃은 한정숙은 뒤쪽의 은행을 가리켰다. 어색하게 인사를 나누고 신호를 기다리는 동안 이진호가 먼저 말을 걸었다.

"어떻게, 수영은 하실 만해요?"

"아유, 그럼요. 선생님 덕분에 너무 재미있어요."

한정숙의 호들갑 어린 칭찬에 이진호가 어색한 듯 뒤통수를 긁적거렸다. 참 순진하고 착해 보여서 그녀는 다시금 남편과 의붓아들의 모습을 떠올리며 한숨을 쉬었다. 마침, 신호가 바뀌면서 둘은 나란히 횡단보도를 건넜다. 노점상에서 틀어놓은 신나는 유행가가 흘러나왔다. 횡단보도를 건넌 한정숙은 눈치껏 수영 강사 이진호의 옆에 붙었다. 살고 있는 아파트와는 반대 방향이었지만 집에 들어가기도 싫었고, 남편과는 정반대인 이진호와 조금이라도 더 얘기하고 싶었던 것이다. 그런 그녀의 속마음을 아는지 모르는지 이진호는 이런저런 얘기를 했는데 항상 친구와 나라 욕밖에 하지 않는 남편과 너무나 구분이 되었다. 선글라스를 벗고 눈을 맞춰보고 싶었지만 멍든 자국을 보이기 싫어서 계속 쓰고 있었다. 한참 걸으면서 얘기하던 이진호가 두 갈래로 갈라지는 길 앞에서 멈춰 섰다. 더 따라오지 말라는 무언의 신호라서 한정숙은 아쉬움을 삼키고 인사를 했다.

"안녕히 가세요. 저는 집이 이쪽이라."

"네, 다음 강습 시간에 만나요."

몇 걸음 옮기던 이진호는 갈림길 가운데 있는 페리카나치킨을 가리키면서 말했다.

"괜찮으면 다음에 저기서 치킨에 맥주 한잔해요. 저기 양념치킨 맛있거든요."

"네."

그냥 지나가는 말인 것 같았지만 한정숙은 활짝 웃으며 대답했다. 마음이 허전해진 그녀는 돌아가는 길에 자주 가는 비디오 대여점에 들렀다. 카운터 안쪽의 주인장은 잡지를 읽다가 눈인사를 했다. 어떤 비디오를 볼까 고민하다가 제일 안쪽 코너까지 들어갔다. 얼마 전에 개봉해서 큰 인기를 끈 영화 〈매트릭스〉가 곧 비디오로 출시된다는 포스터가 붙어 있는 곳을 지나자 잘 안 팔리는 비디오들이 주르륵 꽂혀 있었다. 눈으로 제목을 살펴보던 한정숙은 걸음을 멈췄다.

"가면의 정사?"

플래툰의 주인공 중 한 명인 톰 베린저가 주연이라는 내용을 보고 흥미로워서 케이스를 꺼냈다. 뒷면에 적힌 줄거리를 읽는데, 다른 것보다 여자 주인공이 한 것 같은 말이 눈에 들어왔다.

"내 인생을 리셋하고 싶어!"

내용은 사고로 기억을 잃은 남편이 아내의 불륜을 의심하면서 벌어지는 스릴러였다. 아내는 완전범죄를 꿈꿨지만 결국은 들통이 나면서 최후를 맞이한다는 내용이었다. 마지막 결말을 빼고는 흡족한 내용이라서 그걸 빌려서 보기로 했다. 비디오를 비닐봉지에 담고 기분이 좋아진 한정숙은 콧노래를 흥얼거리며 집에 돌아왔다. 해는 이미 떨어진 지 오래여서 가로등이 희미한 불을 뿜어냈다. 열쇠로 문을 열고 들어온 한정숙은 확 풍겨오는 술 냄새에 저도 모르게 얼굴을 찌푸렸다. 벽에 붙은 소파에 남편이 널브러진 채 코를 골고 있었던 것이다. 아까 차를 몰고 나간 걸 봤는데 들어와서 술을 마셨나 보다.

"언제 또 들어와서는."

부엌으로 들어가자 캡틴큐와 소주병이 어지럽게 놓여 있었다. 톡 쏘는 술 냄새를 피해 혹시나 하고 현관문 옆에 있는 의붓아들의 방문을 열었다. 예상대로 방 가운데에 파란색 이스트팩 책가방이 내동댕이쳐져 있었다. 아버지가 생일 선물로 사준 소니 워크맨도 그대로 있는 걸 보면 요즘 유행한다는 PC방에 간 모양이었다. 한정숙은 방문을 닫으며 한숨을 쉬었다.

"내년에 중학교 가는데 공부는 안 하고."

아버지 송창래를 영락없이 빼닮은 의붓아들은 새어머니인 한정숙의 또 다른 골칫거리였다. 성적은 바닥을 기고 아이들과 싸움박질을 하거나 회수권을 훔치기 일쑤였다. 처음에는 어떻게든 어머니 노릇을 하려고 학교에 찾아가서 선생님에게 잘못했다고 빌기도 하고, 불러다가 따끔하게 혼을 내보려고 했다. 하지만 영악하고 눈치가 빠른 의붓아들은 때리지도 않았는데 맞았다고 엄살을 피우고 새엄마가 자기를 학대한다고 주변에 헛소문을 퍼뜨렸다. 남편은 그런 아들 편을 들어주면서 사실상 한정숙을 무시했다. 자포자기한 한정숙은 혀를 차면서 문을 닫았다. 그리고 술병들을 치우기 위해 부엌으로 갔다.

"어, 이게 뭐야?"

술병 옆에 종이들이 널브러져 있었다. 뭔가 하고 들여다보던 한정숙은 새하얗게 질렸다. 넋이 나간 그녀는 소파에서 코를 골고 있던 남편을 흔들어 깨웠다.

"여보! 좀 일어나봐."

"어, 왜?"

귀찮다는 듯 눈을 비비는 남편에게 한정숙이 짜증을 냈다.

"이 보험 증서 뭔데?"

"아! 내 친구 상식이 알지. 걔 마누라가 보험을 한다고 해서 들었어."

"그래도 이렇게 돈이 들어가는 거면 나랑 상의를 해야지. 한 달에 5만 원 넘게 나가잖아, 이거."

"보험 들면 좋지 왜 그래?"

"이거 사망 보험이잖아. 보니까 다른 특약도 없고, 죽을 때 아니면 못 받아. 지난번에 시누이한테 돈 빌려줄 때도 나한테 말도 안 했으면서 이런 건 말하면 어디가 덧나?"

"좋은 거 해달라고 했으니까 다 도움이 되겠지. 친구가 부탁하는데 안 들어줄 수 없잖아."

"친구는 중요하고 나는 안 중요해?"

악을 쓰며 대드는 한정숙에게 남편이 눈을 치켜떴다.

"씨발, 이게 어디서!"

짝 하는 소리와 함께 한정숙의 뺨에서 불이 났다. 소파에서 벌떡 일어난 남편이 뺨을 맞고 쓰러진 그녀에게 상스러운 욕설을 퍼부었다.

"이런 망할 년이 누구한테 말대꾸야! 너, 나 아니었으면 지금쯤 감방에서 콩밥 먹는 신세였어. 기껏 도와줬더니 빽하면 말대꾸야! 얼마나 맞아야 정신을 차릴 거야? 어!"

이제 또 시작이라는 생각에 한정숙은 때릴 것을 찾는 남편의 발목을 붙잡았다.

"내가 잘못했어. 여보."

"제대로 안 맞아서 간이 배 밖으로 나온 모양인데, 내가 다시 들어가게 해줄게."

남편이 처음 집은 것은 나무로 만든 빗자루였다. 거꾸로 잡고는 발목을 때리다가 분이 풀리지 않았는지 주먹으로 배와 팔을 때려대기 시작했다. 체중이 워낙 많이 나가는 데다가 젊은 시절 복싱을 한 적이 있어서 그런지 맞으면 눈물이 맺힐 정도로 아팠다. 때리다 지쳤는지 남편이 소파에 드러누우면서 정신없던 매질은 끝이 났다. 조심스럽게 일어나 벽시계 옆에 있는 거울을 본 한정숙은 기가 막혀서 눈물조차 나오지 않았다. 남편 손에 붙잡힌 머리는 수세미처럼 헝클어졌고, 나머지 한쪽 눈 역시 멍이 들었다. 팔과 다리가 욱신거리는 건 말할 것도 없었다. 한동안 거울 앞에 우두커니 서 있는데 문이 열리는 소리가 들리고 의붓아들이 들어왔다. 피 한 방울 섞이지 않은 의붓아들은 아버지를 꼭 빼닮아서 영악하고 얄미웠다. 그래도 정을 붙이려고 노력했던 그녀는 코피가 나는 코를 훌쩍거리며 바라봤다. 그런데 신발을 벗은 의붓아들은 한정숙을 바라보더니 씩 웃었다.

"쌤통이다."

혀를 날름 내민 의붓아들은 곧장 방으로 들어가버렸다. 뒤통수를 한 대 세게 맞은 것 같은 기분은 배신감으로 이어졌다. 그래도 아내와 어머니 노릇을 하려고 했지만 둘은 자신을 전혀 받아들이지 않았던 것이다. 한정숙은 비틀거리며 부엌으로 갔다. 금성전자 냉장고를 열고 안에 있는 델몬트 오렌지 주스의 유리병을 꺼냈다. 유리병에는 어제 끓여서 넣은 보리차가 들어 있었다. 뚜껑을 열고 보리차를 벌컥벌컥 마시던 그녀는 서러움이 섞인 한숨을 쉬었다. 그러다가 문득 식탁에 놓인 보험 증서가 떠올랐다. 잠깐 보험 회사에 다닌 적이 있던 한정숙은 대략적인 금액을 계산해봤다. 그리고 천천히, 의미심장하게 중얼거렸다.

"나도 인생 한번 리셋해봐?"

다음 날, 술이 깬 남편은 사업차 미팅을 한다면서 차를 몰고 나갔다. 쌤통이라며 빈정거리던 의붓아들도 가방을 둘러메고 학교를 갔다. 아침을 대충 챙겨 먹은 한정숙은 어제보다 더 심하게 부은 눈가를 가리기 위해 선글라스를 꼈다. TV가 나올 시간이 아니라서 라디오를 틀자 자주 듣는 〈강석, 김혜영의 싱글벙글쇼〉가 흘러나왔다. 한정숙은 두 사람의 목소리를 들으면서 대충 외출 준비를 하고 밖으로 나왔다.

"어디로 갈까?"

생각 같아서는 카바레에서 만난 남자랑 낮술이라도 하고 싶었지만 남편에게 들키면 뼈도 못 추릴 게 분명했기 때문에 포기해야만 했다. 어디로 갈까 고민하던 한정숙은 혹시나 하는 마음에 아파트 상가에 있는 달님미용실로 향했다. 그리고 안에 있는 김미형을 발견하고는 냉큼 들어가면서 혀를 찼다.

"어제도 머리를 말고 오늘도 말아? 머리가 버텨나겠어?"

"이틀 동안 하는 영양 파마야."

그러면서 거울로 선글라스를 낀 한정숙을 보고는 피식 웃었다.

"어제도 맞았네."

"맞긴, 술 처먹고 뻗었어."

사실은 아니었지만 그렇게 얘기하는 게 마음이 편했다. 소파에 앉아서 굴러다니는 《선데이 서울》을 집었다. 머리를 감는 곳 옆에 있는 라디오에서는 미용실과 어울리지 않는 샹송이 흘러나왔다.

잘 나가던 개그맨의 대마초 흡연에 관한 기사를 대충 읽고 넘기는 데 눈에 확 띄는 기사가 보였다.

"폭로! 악녀 김선자의 살인 행각."

홍미를 느낀 한정숙은 천천히 읽어 내려갔다.

아시안게임이 열리던 1986년부터 올림픽이 열렸던 1988년까지 같은 계모임 회원들을 비롯해서 아버지와 여동생, 시누이를 독살하고, 보험료를 챙겼다. 하지만 주변 인물들이 너무 많이 죽어 나가자 결국 경찰의 조사를 받았다가 집에서 독약이 나오는 바람에 체포되고 말았다. 재판에서도 끝끝내 무죄를 주장하던 그녀는 몇 년 전인 1997년 사형이 집행되었다. 경찰은 그녀의 집에서 죽은 사람들의 물건들이 엄청 많이 나왔다면서 혀를 내둘렀다. 끝까지 버티던 김선자는 죽기 직전에 자신에게 죄가 있다면 부자로 태어나지 못한 것이라며 그것이 원망스럽다는 유언을 남겼다. 그 기사를 읽은 한정숙은 한숨을 쉬었다.

"그래. 많이 죽이긴 했지만, 부자로 태어나지 못해서 그런 거지." 《선데이 서울》을 덮은 한정숙은 짧게 투덜거렸다. "독살은 안 되겠네."

김미형이 거울로 한정숙을 보면서 물었다. "뭘 그렇게 중얼거리는 거야?"

"그냥, 신세 한탄하는 거야."

피식 웃은 김미형이 신이 난 표정으로 말했다. "전철역에 파파

이스 들어왔다는데 가볼래?"

"나 햄버거 별로야."

"내가 산다니까." 김미형이 덧붙였다. "가다가 로또도 사자. 어제 꿈이 좋았어."

"무슨 꿈?"

"똥꿈. 지난번 갔던 카바레 화장실이 터지면서 똥이 화산 터지듯 터져서 확 날아갔다니까."

"지저분하게, 알았으니까 빨리 끝내기나 해."

좋다고 낄낄거리는 김미형을 보며 혀를 찬 한정숙은 다시 《선데이 서울》을 펼쳤다. 시시한 연예인 스캔들을 넘기는데 사건 사고란이 보였다. 복어를 잘못 먹고 사망한 것부터 어처구니없는 사건 사고들이 많았는데 그중 하나가 눈에 들어온 것이다. 그걸 본 한정숙은 눈빛을 반짝거렸다. 그러다가 혹시 김미형이나 미용실 주인에게 들킬까 봐 귀찮다는 표정으로 페이지를 넘겼다. 하지만 머릿속으로는 아까 봤던 기사의 내용이 그대로 떠올랐다.

'그래, 완벽하겠어.'

태연한 척 딴 얘기를 하면서 시간을 끌다가 함께 밖으로 나왔다. 보글보글 파마에 살짝 갈색으로 염색을 한 머리를 자랑하며 걷던 김미형이 갑자기 한정숙의 어깨를 쳤다.

"저기 너희 수영 강사 아니니?"

놀란 한정숙이 바라보자 프로스펙스 트레이닝복을 입고 스포츠

가방을 어깨에 멘 이진호가 보였다. 오늘 강습이 있었는지 주변에는 아줌마들이 파리떼처럼 달라붙어 있었다. 그걸 본 김미형이 한정숙의 어깨를 때렸다.

"어머, 저러니까 진짜 기생오라비 같아."

"자꾸 그러지 말라니까."

하루밖에 안 지났지만 그사이 더 멋있어진 것 같았다. 그래서 한정숙은 저도 모르게 중얼거렸다.

"진짜 김원준처럼 생기지 않았니?"

그 얘기를 들은 김미형이 어이가 없다는 듯 콧방귀를 뀌었다.

"정신 차려. 내가 장담하는데 쟤는 얼굴로 먹고 살 팔자라고."

둘이 시끄럽게 떠들자 걸어가던 이진호가 이쪽을 돌아봤다. 그러자 한정숙이 얼른 고개를 돌렸다.

"어머, 어떡해. 우릴 봤나 봐."

"이쪽으로 오네."

심드렁하게 대꾸한 김미형의 말대로 이진호는 아줌마들에게 손을 흔들어서 헤어진 다음에 두 사람에게 다가왔다. 선글라스를 고쳐 쓴 한정숙이 아는 척을 하자 이진호가 이를 드러내며 웃었다.

"회원님, 선글라스 멋지시네요."

"아, 고마워요. 오늘 수업 끝나셨나 봐요."

"네. 오후반 수업이요."

쾌활하게 얘기를 주고받은 이진호가 물었다. "그런데 어디 가세요?"

긴장한 한정숙이 제대로 대답을 못 하자 김미형이 끼어들었다.

"치킨에 맥주 한잔하러 가요. 같이 가실래요?"

한정숙이 놀라서 바라보자 김미형이 딴청을 피웠다. 그런데 뜻밖에도 이진호가 선뜻 수락을 했다.

"좋아요. 마침 수영하고 시원한 맥주 한잔하려고 했거든요."

호쾌하게 대답한 이진호는 한정숙을 향해 살짝 윙크를 했다. 마음이 설렌 그녀는 속으로 될 대로 되라고 중얼거리며 아양을 떨었다.

"어머, 잘됐네요. 가서 한잔해요."

현재

죽지 않아야 할 사람

유혜린과 일행은 남성신의 시신이 담긴 관을 실은 비행기와 함께 귀국했다. 원장은 공항에 기자들이 나와 있으면 어쩌지, 라고 걱정했지만 당연히 아무도 나오지 않았다. 그사이에 몇 군데 신문에서 단신으로 처리되긴 했지만 자살로 결론이 났기 때문에 누구도 관심을 기울이지 않은 것이다. 공항에서 원장과 헤어진 유혜린은 남편이 보내준 기사가 있는 주차장으로 향했다. 바다처럼 넓은 공항 주차장을 가로질러가자 먼발치에서 유혜린을 발견한 기사가 다가와서 캐리어와 가방을 받아들었다.

"어서 오십시오."

"고마워요."

주차된 캐딜락의 트렁크에 캐리어를 넣은 기사가 뒷문을 열어줬다. 안에 탄 유혜린에게 기사가 휴대폰을 건넸다.

"사장님이십니다."

유혜린이 휴대폰을 건네받은 걸 확인한 기사는 천천히 캐딜락을 출발시켰다.

— 허니.

— 배웅 나갔어야 했는데 회의가 갑자기 잡혔어.

— 괜찮은데, 왜요?

— 별로 친하지 않았다며?

— 요가학원에서만 인사하는 사이였어요.

— 어쨌든 많이 놀랐겠네.

걱정스러워하는 남편의 목소리에 유혜린은 저절로 미소가 지어졌다. 공항 주차장을 빠져나간 캐딜락이 신호를 기다리느라 잠시 멈췄다. 창밖을 무심코 바라보던 유혜린은 버스를 타기 위해 횡단보도를 정신없이 뛰어가는 사람들을 바라봤다. 유혜린이 잠시 대답이 없자 마이클이 가볍게 헛기침을 했다.

— 미안, 잠깐 딴생각을 했어요.

— 괜찮아. 회의 끝나고 바로 갈게. 밖에서 저녁 먹을까?

— 저녁 차려줄게요. 어복쟁반 드실래요?

— 좋지. 백세주랑 한잔하면 딱인데 말이야.

일만큼이나 술을 좋아하는 마이클의 들뜬 목소리에 유혜린은 가볍게 웃었다.

— 세나한테 준비해놓으라고 할게요.
— 알겠어, 허니. 그럼 이따 봐.

통화를 끊으려는 마이클을 유혜린이 다급히 불렀다.

— 허니.
— 왜?
— 부탁이 있어요.
— 뭔데?
— 회사 고문 변호사가 전직 검찰 총장이라고 했죠?
— 김 변호사 말이지? 그런 걸로 알고 있어.
— 그 사람 통해서 알아봐야 할 게 있는데요. 괜찮겠어요?
— 필요한 건 뭐든 얘기하라고 하긴 했지.
— 다행이네요. 이번에 인도에서 죽은 남성신 씨에 관한 조사가 어떻게 되어가는지 궁금해서요.
— 자살 아니었어?

— 그건 맞는데 개인적으로 좀 궁금한 게 있어서요.

잠깐 생각하던 마이클이 대답했다.

— 회의 끝나고 김 변호사한테 전화할게. 이번에 인도에서 죽은 남성신 씨에 관한 조사에 대해서 궁금하단 말이지?

— 유서가 나오긴 했지만 너무 갑작스러워서요.

— 궁금증과 재채기는 참을 수 없는 법이지. 담당자랑 인터뷰할 수 있는지 알아볼게.

— 고마워요. 허니.

— 다시 회의 시작하나 봐. 이따 출발하면서 전화할게. 허니.

— 알겠어요.

통화를 끝낸 유혜린은 휴대폰을 옆자리에 내려놓으면서 중얼거렸다. “아무리 생각해도 죽지 않아야 할 사람이 죽은 것 같아.”

유혜린은 세나에게 카톡을 보내서 어복쟁반을 만들 준비를 하라고 부탁하고는 잠깐 생각에 잠겼다. 마이클에게 연락이 오기 전에 먼저 만날 사람들이 떠올랐기 때문이다. 잠깐 생각하던 유혜린은 팔짱을 끼고 눈을 감기 전에 기사에게 말했다.

“마트에서 쇼핑을 잠깐 해야 하니까 거기 먼저 들러주세요.”

"상가에 먼저 주차하겠습니다."

기사의 대답을 들은 유혜린은 눈을 감았다. 모호한 죽음과 연결된 의문들이 계속 머리를 맴돌았다. 그래서 해답을 찾아보기로 결심한 것이다. 눈을 감은 채 잠과 현실 사이를 오가던 유혜린은 캐딜락이 서서히 속도를 늦추자 정신을 차렸다. 익숙한 도시의 모습이 보였고, 캐딜락은 그린우드 아파트 단지로 서서히 들어갔다. 차단봉이 올라가고 가스총과 삼단봉으로 무장한 경비원이 차량 번호를 확인하고는 들어가라는 손짓을 했다. 미리 말해둔 대로 바로 집에 가지 않고 오른쪽에 있는 상가로 방향을 튼 차량은 VIP 주차장에 멈췄다.

기사가 문을 열어준 차에서 내린 유혜린이 말했다. "바로 집으로 갈 테니까 캐리어는 로비에 가져다놓고 퇴근하세요."

"알겠습니다. 캐리어는 1층 게이트에 맡겨놓겠습니다."

공손히 인사를 하는 기사를 뒤로한 유혜린은 상가로 들어섰다. 하지만 마트가 있는 지하가 아니라 위쪽으로 올라가는 에스컬레이터를 탔다. 3층에 있는 요가학원으로 들어선 유혜린은 카운터에 있는 요가 강사 배유정을 발견했다. 20대 후반에 밤색으로 염색한 짧은 곱슬머리를 한 배유정은 문에 달린 종소리에 고개를 들었다가 유혜린과 눈이 마주쳤다.

"회원님, 안녕하세요."

유혜린이 배유정에게 다가가 물었다. "원장님은 아직 안 오셨어?"

"오늘은 피곤하다고 바로 들어가신다고 했어요. 같이 오신 거 아니었어요?"

"나는 차 타고 따로 왔어. 뭐, 좀 물어볼 게 있는데 조용한 데 있을까?"

"원장실로 갈까요?"

카운터 뒤쪽의 원장실로 들어간 배유정이 불을 켜고 의자를 가져다주었다. 노란색 레깅스에 헐렁한 상의를 입은 배유정이 다른 의자를 가져다 앉으며 물었다.

"무슨 일로?"

"인도에서 남성신 씨 자살한 얘기 들었지?"

"네, 원장님한테 연락 받았어요. 어쩌다 그런 일이 벌어진 거예요?"

대번에 어두운 표정을 짓는 그녀에게 유혜린이 대답했다.

"유서에는 존재의 이유 운운하긴 했는데 솔직히 좀 믿어지지 않아서 말이야."

염색한 머리를 쓸어 넘긴 배유정이 고개를 끄덕거렸다.

"저도 그래요. 인도에서 돌아오면 저한테 강습을 받는다고 미리 등록도 해놓으셨거든요."

"가기 전에 뭔가 이상한 점 없었어? 보통 극단적인 선택을 하기 전에 어떤 징조나 징후 같은 게 있다고 하던데 말이야."

질문을 받은 배유정은 잠시 고민하다가 고개를 저었다.

"사실, 그렇게 가까운 편은 아니라서요. 돌아와서 저한테 강습을 받고 싶다고 해서 좀 놀랐어요. 일대일은 보통 가까운 강사들에게 받잖아요."

"직접 지목한 걸로 알고 있는데?"

"전혀 몰랐어요. 그래서 원장님한테 다시 확인까지 했다니까요." 손사래를 친 배유정이 고개를 옆으로 돌린 채 마치 들으라는 듯 중얼거렸다. "자꾸 귀찮게 이것저것 물어봐서 힘들었어요. 자기 클래스 강사한테 물어봐야 한다고 몇 번이나 얘기했는걸요."

"그럼 따로 얘기를 나누거나 상담을 하고 강습을 받기로 한 건 아니라고?"

"네. 가깝게 지낸 적이 없어서 진짜 당황스러웠어요."

"그렇구나. 이상하네."

"뭐가요?"

"자살할 결심을 하고 인도로 갔는데 그 전에 수업료를 먼저 결제했다고 해서 말이야."

유혜린이 가장 이상하게 생각한 부분이었는데 배유정 역시 딱히 만족스러운 답을 내놓지는 않았다.

"그냥 충동적으로 자살한 거 아닐까요?"

배유정의 대답에 유혜린은 속으로 고개를 저었다. 원장의 말이 사실이라면 그녀는 타인을 조종하고 자기 뜻대로 움직이게 만들었다. 그렇게 치밀한 계획을 세우는 사람이라면 충동적인 자살과는 정말 거리가 멀었다. 거기다 한 가지 알아챈 사실 때문에 더 이상 질문의 의미가 사라져버렸다. 대충 얘기를 마무리한 유혜린은 내일 보자는 말을 남기고는 일어났다.

그러자 배유정이 머뭇거리며 말했다. "그런데 남성신 씨가 회원님에게 관심이 되게 많았어요."

"나한테?"

"네, 취미나 습관 같은 게 뭔지 물어봤고, 주로 몇 시에 학원에 나와서 언제까지 있다가 나가는지도 물어봤었어요."

"왜?"

문고리를 잡은 채 돌아선 유혜린의 물음에 배유정은 어깨를 으쓱거렸다.

"잘 모르겠어요. 평소에도 다른 회원에 대해서 이것저것 묻기는 했어요."

"친해지려고 그랬던 모양이네."

"아마도요."

배유정이 수긍하는 표정으로 고개를 끄덕거렸다. 문을 열고 원장실을 나온 유혜린은 곧장 요가학원 밖으로 나왔다. 음식점과 카페들이 있는 통로 끝에는 원장이 얘기했던 미래부동산의 간판이 보였다. 주저하던 유혜린은 그쪽으로 걸어가면서 중얼거렸다.

"유정이가 왜 거짓말을 했을까?"

죽은 남성신과 친하지 않았다는 그녀의 말은 풍겨오는 향수 냄새로 인해 단번에 거짓말이라는 것을 간파했다. 그녀에게서 맡았던 향기는 입생로랑 리브르 향수였다. 은은한 라벤더 향은 죽은 남성신이 뿌리던 것과 같았다. 아마 남성신이 선물해준 것 같았는데 그걸 썼다는 것은 둘이 유혜린의 생각보다 훨씬 가깝다는 뜻이었다.

"죽은 사람이 나에게 관심이 많았네. 왜?"

미래부동산의 문을 열고 들어가자 양복 셔츠 차림에 컴퓨터를 보고 있던 사장이 황급히 일어났다.

"아이고, 어서 오십시오."

안경을 고쳐 쓴 사장이 두 손으로 소파를 공손하게 가리켰다.

그곳에 앉은 유혜린이 말했다. "바쁘신 건 아니죠?"

"아무리 바빠도 VIP가 오셨는데."

말끝을 흐린 미래부동산 사장이 영업용이자 접대용 미소를 펼쳤다. 아까 얘기를 나눈 요가 강사인 배유정과는 다른 방식으로 접근해야 할 것 같다는 생각을 하면서 입을 열었다.

"제 친구가 여기를 들어오고 싶어 하는데요."

"아! 여기 들어오시려면 저를 거치는 게 제일 편하죠. 몇 층 생각하고 계신답니까?"

"50층 이상으로요. 여기 규칙을 저보다 더 잘 알더라고요."

"요즘 인터넷에 온갖 얘기들이 돌아서요."

부동산 사무실의 직원이 쟁반을 들고 다가왔다. 차를 좋아하는 미래부동산 사장의 취향대로 커피 대신 차가 든 잔이 놓였다.

"지난번 홍콩 여행 갔다가 사 온 백차입니다. 향이 참 그윽하지 않습니까?"

"그러네요."

차를 한 모금 마신 유혜린은 사장이 앉아 있는 뒤쪽 벽에 붙어 있는 그린우드 아파트 단지의 야경을 찍은 큰 사진을 바라봤다. 77층 펜트하우스에서 찍어서 단지 전체가 내려다보였다. 아래에는 시행사가 광고에 썼던 문구가 적혀 있었다.

— 이곳에 사는 것만으로 당신의 품격을 입증할 수 있습니다.

참 어처구니없는 문구라고 생각했지만 거주민들은 그렇게 여기고 있었다. 그래서 높은 가격과 비싼 관리비를 기꺼이 감당하는 것이다. 잠깐 생각하는 척한 유혜린이 찻잔을 놓으며 미래부동산 사장을 바라봤다.

"친구가 조용히 들어와서 살고 싶다고 했어요. 사실, 이혼을 하고 들어올 거 같아서요."

"아, 그러시구나. 여기가 입주민 외에 출입이 통제되는 곳이라 외부인이 쉽게 드나들 수 없는 곳이긴 하죠. 그런 이유로 여기 들어와서 사시는 분들도 많고요."

"거래할 때 최대한 익명으로 할 수 있나요? 들어와서도 눈에 띄고 싶어 하지 않아서요."

"요즘은 사생활 보호를 중요하게 여기는 시대잖아요. 그러면 이곳이 가장 좋죠. 청담동같이 오가는 사람들도 적은 편이라서요. 이번에 인도에서 돌아가신 남성신 여사님이 딱 그 케이스였어요."

"맞다. 그분이 사장님 소개로 여기 들어왔다고 했었죠?"

"그럼요. 여기 들어오고 싶어서 엄청나게 노력하셨어요."

"엄청나게요?"

"네, 솔직히 말씀드리면 학군도 그렇고, 장점이 많잖아요. 그래서 입주하고 싶은 사람은 줄을 섰는데 나가시는 분은 없거든요. 아파트 세워지고 지난 2년 동안 나간 건 열 가구도 안 돼요."

"들어오고 싶어 하는 사람들은 많고요?"

고개를 돌려서 자기 자리에 있는 컴퓨터를 힐끔 바라본 미래부동산 사장이 대꾸했다.

"줄을 섰죠. 지금도 연락만 주면 입주하겠다고 한 사람들 번호가 30번대예요."

"그런데 남성신 씨는 어떻게 들어온 거죠?"

그녀의 이름을 들은 미래부동산 사장은 얼굴을 살짝 일그러뜨렸다.

"진짜 매일 찾아오고 연락했으니까요. 그렇게 끈질긴 분은 처음 봤어요. 그래서 집이 나갔을 때 순번을 건너뛰고 연락드렸죠. 안 그랬으면 지금까지 연락했었을 겁니다."

그 정도로 순번을 건너뛰게 해준 건 아니고 웃돈을 받은 게 분명

했지만 따로 묻지는 않았다. 중요한 질문은 따로 있었기 때문이다.

“그분은 왜 그렇게 여기 들어오려고 하신 거예요? 학교에 보낼 자녀도 없었잖아요.”

“조용히 살고 싶었던 모양이에요. 와서도 누굴 부르지 않았으니까요. 오신다는 친구분도 그런 스타일이신 건가요?”

“비슷해요.”

“그러면 여기가 딱이죠. 누가 들어오지 못하니까요.”

“남성신 씨는 찾아오는 사람이 없었나요? 친구도 남편이나 남편 친척들이 찾아올까 봐 걱정하더라고요.”

“여긴 누가 들어오려면 입주자의 허락을 받아야 하잖아요. 아시겠지만 배달 음식이나 우편물도 1층에서 수령해야 하니까 외부인은 전혀 못 들어오죠. 그러고 보니까 남성신 씨도 누가 찾아올지 모른다면서 몇 번이고 출입 문제를 물어보고 체크했었어요.”

“몇 번이나요?”

“네, 여러 가지 방법을 동원해도 외부인이 들어갈 수 없다는 걸 아신 거 같더라고요. 여기 시스템은 들어오기 전부터 잘 알고 계셨어요.”

마트가 있는 상가와 놀이터가 있는 광장을 제외하고 아파트 내부로 들어가려면 출입 카드가 있어야 했다. 입주자가 아닌 사람은 원칙적으로 들어갈 수 없었고, 설사 들어온다고 해도 엘리베이터가 출입 카드로 작동되기 때문에 고층으로 올라가는 건 거의 불가능했다. 그 점도 홍보 포인트 중 하나이긴 했는데 대부분은 낯선 사람의 출입을 막는 정도로 생각했지 누군가 찾아오는 걸 막는 용도로까지는 생각하지 않았다. 그 점을 궁금해하고 있는데 미래부동산 사장이 마치 가려운 곳을 긁어주는 것처럼 얘기했다.

"그래서 물어봤었어요. 누가 찾아오는 걸 왜 그렇게 무서워하냐고요. 그랬더니." 미래부동산 사장이 마른침을 삼키고는 덧붙였다. "과거가 자기를 찾아오는 게 싫었답니다."

"과거가요?"

"네, 뜬금없는 대답이라 멍하게 바라봤더니 그냥 웃더라고요. 그러니까 사업을 정리하는 과정에서 동업자랑 사이가 좀 나빠져서 그렇다고 했어요. 동업자 친척 중에 조폭이 있어서 겁이 난다고 하면서요."

"가깝게 지내지 않아서 무슨 일을 했는지 몰랐어요."

"그런데 그냥 사업가 같지는 않았어요."

뭔가 애매하다는 제스처를 취한 미래부동산 사장에게 유혜린이 물었다.

"뭐가 애매했어요?"

"사업가라면 당연히 알아야 할 세금 문제를 잘 모르시더라고요. 그러니까 공장 가지고 물건 사고파는 사업 쪽은 아니었던 거죠. 보통은 개인이든 회사든 법인을 가지고 있어야 하는데 그것도 없었고요. 그렇다고 술장사했던 분 같지는 않았고 말이죠. 아무튼 여러모로 애매했죠. 그리고 더 이상한 건."

미래부동산 사장이 말할까 말까 살짝 고민하다가 입을 열었다.

"그렇게 어렵게 들어와서는 얼마 전에 아파트를 팔겠다고 찾아오셨어요."

예상 밖의 대답에 놀란 유혜린이 물었다. "언제요?"

"그러니까 인도로 가시기 전에요. 2주쯤 전?"

"어렵게 들어와서는 왜 나가려고 한 거죠?"

"글쎄요. 대답을 안 해주셨어요. 그냥 자기가 인도에서 돌아올 즈음에 팔렸으면 좋겠다고 했어요. 어차피 들어올 사람들이야 많아서 인도에서 돌아오시면 계약 체결하려고 했는데……."

말끝을 잇지 못하는 미래부동산 사장이 난감한 표정을 감추지 못했다. 유혜린은 궁금한 게 많았지만 이상하다고 생각할 것 같아서 적당히 마무리 짓기로 했다.

"그렇군요. 친구한테 얘기해주고 관심 있으면 사장님한테 연락하라고 할게요."

"매물이 없긴 하지만 사모님 친구분이시면 제가 당연히 신경 써드려야죠."

"감사합니다."

가방을 들고 일어난 유혜린은 문밖까지 따라 나온 미래부동산 사장과 다시 인사를 하고 마트로 내려갔다. 에스컬레이터를 탄 그녀가 중얼거렸다.

"왜 힘들게 입주한 그린우드에서 나가려고 한 거지?"

그녀는 고민에 빠진 채 어복쟁반을 만드는 데 필요한 재료 몇 가지를 구입한 후 광장으로 나와서 아파트로 향했다. 지하에서 바로 1층까지 갈 수 있긴 했지만 어차피 게이트를 통과해야 했고, 바람을 쐬면서 생각을 좀 해보고 싶었기 때문이다. 광장 구석에 있는 놀이터에서는 아이들이 시끄럽게 떠들면서 노는 중이었다. 그 중에 옆집에 사는 예나를 본 유혜린이 잠깐 멈추고 손을 흔들어줬다. 네덜란드에서 온 부르노와 정글짐에서 놀던 예나가 한걸음에 뛰어왔다.

"아줌마! 인도 잘 갔다 왔어요?"

"응, 예나도 잘 지냈어?"

"그럭저럭요. 부르노랑 친해졌어요."

따라온 부르노가 한국식으로 인사를 했다. "안녕하세요. 부르노입니다."

"반가워. 생일이 다음 달이지?"

"네, 맞아요."

잔뜩 기대하는 표정을 지은 예나에게 유혜린이 미소를 지으며 말했다.

"아줌마가 맛있는 거 해줄게. 부르노랑 같이 와."

"진짜요? 학교에서 사귄 외국 친구 몇 명 데려가도 돼요?"

"물론이지."

마이클은 물론이고 유혜린도 아이를 무척 좋아했다. 그래서 아파트 단지의 아이들과 친하게 지내서 종종 집에 초대하곤 했다. 그때마다 맛있는 걸 해줬기 때문에 다들 좋아했는데 특히, 예나와 친하게 지냈다. 신이 난 예나가 부르노와 함께 어깨춤을 췄다. 그러다가 둘이 거의 동시에 손으로 코를 막고 외쳤다.

"까만 마스크 귀신 물러가라!"

둘이 동시에 외치는 말을 들은 유혜린이 눈을 크게 뜨고 웃었다.

"까만 마스크 귀신이 뭐길래?"

유혜린의 물음에 예나가 대답했다. "유튜브에서 봤어요. 그리고 놀이터에서도요."

"여기에서?"

유혜린이 놀이터를 돌아보면서 묻자 예나가 고개를 끄덕거렸다. 부르노도 따라서 고개를 끄덕거렸다.

"둘이?"

이번에는 부르노가 대답했다. "제가 먼저 봤어요. 밤에 놀이터에서 노는 데 노란색 외투를 입은 할머니가 검은색 마스크를 쓰고 있어서 엄청 눈에 띄었어요."

"그냥 지나가는 할머니 아니었을까?"

"아뇨. 저를 보고 소름 끼치게 웃으면서 마스크를 벗었거든요. 그런데." 마스크를 벗는 시늉을 한 부르노가 손가락으로 입술을 쭉 훑었다. "새빨간 입술이 쭉 찢어져 있었어요."

그 얘기를 하는 부르노 뒤에 있던 예나가 갑자기 소리를 지르면서 어깨를 잡았다. 놀란 부르노가 돌아봤다가 예나인 걸 알고 화를 냈다. 도망치는 예나가 유혜린에게 손을 흔들었다.

"나중에 놀러 갈게요! 지금은 좀 바빠서요."

톰과 제리처럼 쫓고 쫓기는 두 아이를 보고 돌아선 유혜린은 살고 있는 아파트로 향했다. 아파트 입구는 이중으로 된 유리문이고, 안쪽은 출입 카드로 태그를 해야 들어갈 수 있었다. 로비에는 경비원들이 있어서 매의 눈으로 감시를 했다. 일반 아파트에서 볼 수 있는 나이 든 경비원이 아니라 전문적인 훈련을 받은 경비원들이었다. 출입 카드로 태그를 찍고 안으로 들어가자 경비원들이 노란 머리를 한 여성과 얘기를 나누는 게 보였다. 뒷모습을 보니 입주민은 아닌 것 같았다. 가끔 온갖 이유를 대고 들어오려는 사람들이 있어서 그런 부류로 보였다. 안면이 있는 경비원과 눈인사를 하고 안으로 들어가려는데 뒷모습만 보이던 노란 머리 여성이 앙칼진 목소리로 얘기하는 게 들렸다.

"왜 막아요? 지금 취재진을 막는 거예요?"

경비원이 난감한 표정으로 대꾸했다. "막는 게 아니라 여긴 출입 카드가 없으면 못 들어가요."

"기자라고 신분을 밝혔잖아요. 그런데 왜 못 들어가게 하는 건데요? 뭔가 켕기는 게 있어서 그런 거 아닌가요?"

"여긴 경찰도 영장이 있어야 들어올 수 있어요. 취재하고 싶으시면 관리 사무실로 공문 보내시고 협의하세요. 이렇게 막무가내로 들어와서 돌아가신 분 집을 들어가겠다고 하면 어떡합니까?"

"의문점이 있어서 취재하러 온 거라고요! 자꾸 이렇게 방해하면 정식으로 항의할 겁니다!"

유혜린은 시끄럽게 떠드는 불청객을 뒤로하고 엘리베이터가 있는 곳으로 향했다. 그러자 경비원이 기사가 맡겨놓은 캐리어를 끌고 따라왔다. 엘리베이터 버튼을 누르고 기다리는 동안 경비원에게 물었다.

"누구예요?"

"신문사 기자랍니다. 인도에서 돌아가신 남성신 씨 집을 들어가보겠다고 억지를 부리고 있어요."

"왜요?"

"모르겠습니다. 취재할 게 있다고만 해서요. 아주 골치 아파 죽겠어요."

경비원의 하소연은 엘리베이터가 도착할 때까지 이어졌다. 캐리어를 건네받고 안으로 들어간 유혜린은 76층 버튼을 눌렀다. 고층용 엘리베이터라 중간에 서는 일 없이 쭉 올라갔다. 소리도 거의 나지 않는 엘리베이터 안에서 유혜린은 상황을 정리해보려고 했다.

"죽을 것 같지 않은 사람이 죽었는데 나한테 관심이 많았고, 뭔가 감추려고 하는 게 많았네."

엘리베이터가 76층에 멈추고 문이 스르륵 열렸다. 문밖에는 연락을 미리 받았는지 앞치마를 입은 세나가 기다리고 있었다.

"어서 오세요."

캐리어를 건네받은 세나가 앞장서서 가면서 현관문을 열어줬다. 세나의 인사를 들으며 안으로 들어간 유혜린은 넓디넓은 집을 바라봤다. 누군가 숨어서 숨바꼭질을 하자고 해도 못 찾을 정도로 넓은 집이었지만, 세나가 매일 쓸고 닦아서 먼지 하나 없을 정도로 깨끗했다.

마트에서 사온 것들을 건네받은 세나가 말했다. "재료는 거의 다 준비했어요. 씻고 오시면 만들 수 있게 마련해놓겠습니다."

"그래."

세나가 부엌으로 가는 걸 본 유혜린은 창밖이 보이는 곳에 있는 흔들의자에 앉았다. 통유리 너머의 세상을 보면서 유혜린은 눈을 깜빡거렸다.

"죽음이 이상하네."

과거

리셋

멀리 동막 해변이 보이자 남편은 핸들을 잡은 채 엉덩이를 들썩거렸다. 뒷좌석에 앉은 의붓아들 녀석은 차멀미 때문인지 축 늘어져 있었다. 남편은 여름만 되면 강화도의 동막 해변으로 놀러 가곤 했다. 한정숙은 제주도나 부산, 하다못해 모래시계로 유명해진 정동진이라도 가보고 싶었지만 남편은 요지부동이었다. 오직 바다가 보이는 곳에서 술을 마시는 것이 휴가의 시작이자 끝이었다. 계획이 있던 한정숙은 모른 척하고 따라갔다. 남편이 모는 쌍용 무쏘를 타고 강화대교를 건너자 강화도가 보였다. 남쪽의 동막 해변 근처에는 여름에만 장사하는 포장마차나 비닐하우스가 가득했다. 한정숙은 제주도나 동해의 푸른 바다와는 너무나 비교되는 칙칙한 바다와 진득한 갯벌이 도무지 마음에 들지 않았다. 해안과

맞닿아 있는 2차선 도로는 차와 오토바이로 가득했다. 길옆 모래사장에서는 한 무리의 청년들이 아남 카세트 라디오에서 흘러나오는 쿨의 노래 '해변의 여인'에 맞춰서 신나게 춤을 추고 있었다. 남편 때문에 카바레에 못 가고 있던 한정숙은 저도 모르게 어깨를 들썩거렸다. 그걸 본 남편 송창래가 이죽거렸다.

"어깨에 바람 들어가는 거 봐라. 여기가 카바레냐?"

남편의 잔소리에 기분이 나빠진 한정숙은 콧방귀를 뀌고 고개를 돌렸다. 그런 아내를 본 남편이 혀를 찼다.

"어린애도 아니고 툭 하면 삐지고 말이야."

한정숙은 더 기분이 나빠져서 속으로 부글거리는 걸 간신히 참았다. 얼마 전, 친구인 김미형과 함께 수영 강사인 이진호랑 어울려서 술을 마신 적이 있었다. 자기는 이틀에 한 번은 만취되어서 들어와놓고는 한정숙이 술을 마시고 들어오는 건 끔찍하게도 싫어한 남편에게 모욕적인 말과 함께 허리띠로 맞아야만 했다. 더 걱정스러웠던 건, 만취한 채 리셋할 계획에 대해서 털어놓은 것 같았던 것이다. 김미형과 이진호에게 전화를 해서 은근히 떠봤지만 다행히 둘은 기억이 나지 않든지 못 들은 것 같았다. 중간에 리셋에 대한 마음을 접고 살아가려고 했지만 남편이 도와주질 않았다. 처음에 결혼할 때는 그나마 성실한 것처럼 보였지만 천성이 게으르고 술과 친구를 좋아했다. 그래서 어떤 일을 해도 오래 하지 않았고, 돈을 모으는 것도 관심이 없었다. 처음에는 트럭을 가지고 배달 일을 하다가 허리가 안 좋다고 팔아치우고 이상한 친구들과 어울려서 사업을 한다고 돌아다녔다. 그러면서 집에 돈을 가지고 오지를 않았다. 빚이 쌓였지만 남편은 신경도 쓰지 않았고, 곧 큰 돈을 벌어다주겠다는 말만 했다.

차가 막히자 남편은 선글라스를 벗으면서 말했다. "이번에 기가 막힌 사업 아이템을 찾았다니까. 당신, 상식이 알지?"

"네."

지난번에 쓸모도 없는 사망 보험을 들게 만든 친구였다. 혹시 맞을까 봐 최대한 표정 관리를 하고 있는데 다행히 남편은 사업 아이템에 들떠 있었는지 앞을 보고 얘기했다.

"카폰 있잖아. 그걸 설치하려면 차에 안테나를 달아야 하거든." 검지손가락을 세워서 안테나 모양을 흉내 낸 남편이 말을 이어갔다. "근데 그걸 달면 꼭 높은 사람처럼 보인단 말이야. 그래서 카폰은 안 써도 그걸 달고 다니는 사람들이 좀 많아. 거기다 쌍 안테나면 더 죽여주지. 왠지 알아?"

"왜 그런데요?"

"안테나 두 개면 청와대에서 나온 거 같거든. 경찰들이 가까이 다가올 생각도 못 해. 다리가 후들거려서 말이야."

생각만 해도 통쾌하다는 듯 남편은 누런 이를 드러내며 낄낄거렸다. 툭하면 술을 마시고 음주 운전을 하는 남편은 교통경찰들을 정말 싫어했다. 한참 웃던 남편은 차가 출발하자 핸들을 잡으면서 덧붙였다.

"거기다 무선 주파수 스티커도 붙이고, 카폰도 모형을 붙여놓으면 끝장이지. 어떤 간 큰 경찰이 창문 열고 카폰을 확인할 생각을 하겠어? 음주 운전 단속도 그냥 바로 패스라니까. 그래서 세트로 팔려고."

"안테나랑 스티커랑 카폰 모형을요?"

"그래, 지금은 그냥 알아서 안테나 붙이고 모형 사다가 붙이는데 말이야. 그걸 아예 세트로 만들어서 정비소에 팔려고, 다들 줄을 서서 사려고 하지 않겠어? 이제 돈 버는 일만 남았단 말이야."

큰소리를 치는 남편을 곁눈질로 보면서 한정숙은 속으로 혀를 찼다.

'요즘 누가 카폰을 쓴다고.'

자신도 시티폰을 쓰긴 하지만 다들 무선 전화로 갈아타는 중이었다. 또 돈만 날릴 것이라는 생각에 한정숙은 저도 모르게 얼굴을 찌푸렸다가 얼른 얼굴을 폈다. 눈치 빠른 남편에게 무슨 봉변을 당할지 몰랐기 때문이다. 다행스럽게도 남편은 사업 생각에 기분이 좋은지 콧노래를 흥얼거리며 운전을 계속했다. 그러다가 목적지인 민박집에 도착했다. 외벽에 화강암 타일을 붙인 2층 양옥은 민박집과 음식점으로 사용 중이었다. 자갈이 깔린 마당에는 평상이 여러 개 있었다. 마당에는 주인인 할머니가 나와 있었다. 차를 본 할머니는 마치 가족이라도 온 것처럼 손을 흔들어줬다. 구석에 차를 세운 남편이 내려서 할머니를 꽉 끌어안았다.

"저 왔어요."

"아이구, 어서 와. 아들."

뒤따라 내린 한정숙은 서먹서먹하게 인사를 했다. 작년에 처음 봤을 때부터 마음에 들지 않아서였다. 새 아내라고 소개를 받은 할머니는 대놓고 못마땅한 표정을 지었다. 한정숙은 손님한테 무슨 짓거리냐고 속으로 짜증을 냈었다. 거기다 남편이 어머니라고 떠받들어줘서 그런지 몰라서 설거지와 청소도 시키려고 들었다. 올해는 다른 곳으로 가고 싶었지만 어릴 때 집을 나간 어머니에 대한 그리움 때문인지 남편은 매년 여름은 강화도의 동막 해변으로 휴가를 왔다. 올해도 마찬가지였다. 그나마 한정숙이 못마땅해하자 달랜답시고 게스 청바지를 사줬다. 입고 싶던 청바지였고, 계속 버티다가는 또 맞을 수도 있었기 때문에 꾹 참았다.

할머니가 남편에게 말했다. "맨날 쓰는 방 비워놨어. 점심은 먹었어?"

"아뇨, 차가 엄청 막혔어요."

"요즘은 사람들이 점점 더 많이 와. 얼른 짐 정리하고 나와. 조개 구워줄게. 막걸리도 한잔해야지."

"좋죠."

남편이 떠드는 동안 한정숙은 무쏘의 트렁크에 있던 짐들을 꺼내서 집으로 들어갔다. 이곳으로 휴가를 오는 걸 싫어하는 이유는 작은 방에 셋이 같이 있어야 한다는 점이었다. 숨이 막히도록 싫었지만 선택의 여지는 없었다. 그리고 이것도 계획의 일부분이었다. 한정숙은 민박집으로 들어가면서 주의 깊게 살폈다. 거실에 있는 벽시계는 묵기로 한 방에서는 잘 보이지 않아서 괜찮을 것 같았다. 하지만 방으로 들어가서는 흠칫 놀랐다. 작년에는 수영복을 입은 여성 모델이 있는 맥주 회사 달력만 있었을 뿐이었는데, 창가의 책상에 처음 보는 작은 탁상시계가 보였다. 속으로 짜증을 낸 한정숙은 머리를 열심히 굴렸다.

'어떡하지?'

마른침을 삼킨 한정숙은 뒤따라 들어오는 남편을 바라봤다. 남편의 손목에는 애지중지하는 가짜 롤렉스 시계가 채워져 있었다. 의붓아들이 손목에 차고 다니는 카파 전자시계는 며칠 전에 물을 살짝 뿌려서 고장을 낸 상태였다. 장애물은 하나뿐이라고 생각했는데 하나가 더 생겼다. 어떻게 처리할지 고민하면서 짐 정리를 대충하자 남편이 말했다.

"나가서 막걸리 한잔해."

아내인 한정숙이 술을 마시는 걸 싫어하는 남편으로서는 크게 선심을 베푸는 것이었다. 하지만 시계를 처리해야만 했던 한정숙은 고개를 저었다.

"차 타고 오래 있어서 그런지 머리가 좀 아파서요. 조금만 누워 있다 나갈게요."

남편 송창래의 얼굴이 확 찌푸려졌지만 주먹이나 발길질을 하지는 않았다. 다른 사람들에게 어떻게 보이는지 굉장히 중요하게 생각하는 사람이라 누가 있는 곳에서는 폭력적인 모습을 보이지 않았다. 문가에서 노려보던 남편이 의붓아들을 쳐다봤다.

"가자."

의붓아들은 지나가면서 앉아 있는 한정숙의 발을 살짝 밟았다. 화가 났지만 앞으로의 계획을 위해서 꾹 참았다. 송창래와 의붓아들이 나간 후에 비닐 옷장에 옷을 집어넣고 베개를 꺼내서 몸을 쪼그린 채 누웠다. 눈을 감고 자는 척했지만 머릿속으로는 계획을 계속 떠올렸다. 그날 미용실에서 본 《선데이 서울》의 기사를 토대로 완전범죄를 꿈꿨다. 그리고 남편이 들어놓은 사망 보험금을 가지고 인생을 리셋할 계획이었다. 누워서 적당히 시간을 보낸 한정숙은 일어나서 베개를 옷장에 넣고 밖으로 나왔다. 남편이 휴대폰을 가지고 있었다면 불가능한 일이었겠지만 이번 휴가가 끝나고 돌아가서 살 예정이었다. 삐삐도 귀찮다고 가지고 다니지 않아서 남편이 시간을 확인할 수 있는 건 이제 손목시계뿐이었다. 평상에서는 남편과 의붓아들이 식사를 하는 중이었다. 남편은 찌그러진 양은그릇에 막걸리를 콸콸 붓고는 벌컥벌컥 마시고 있었다. 의붓아들 녀석은 옆에서 고개를 처박은 채 며칠 전에 제 아비가 사준 닌텐도 게임보이를 하는 중이었다. 남편과 얘기하던 할머니가 평상 모서리에 앉은 한정숙을 보고는 대놓고 짜증을 냈다.

"먹을 때 같이 좀 먹지."

한정숙은 들은 척도 하지 않고 남편에게 물었다. "이따가 조개 캐러 갈 거예요?"

막걸리를 단숨에 비운 남편이 호기롭게 대답했다. "가야지. 어머니! 오늘은 몇 시에 물이 차요?"

일 바지를 입고 부침개를 가지고 나오던 민박집 할머니가 멀리 갯벌을 바라보다가 대답했다. "8시쯤 찰 거야. 금방 차니까 10분 전에는 나와야 해."

"저녁 먹고 한숨 자고 일어나면 되겠네요."

"그려, 조개 캐오면 내가 잘 삶아줄게."

부침개를 그릇에 올려놓은 민박집 할머니의 얘기에 남편이 껄껄거렸다.

"조개찜에 소주 한잔하면 기가 막히겠네요."

"그럼. 저기 문 옆에 장화랑 호미 있어."

맞장구를 친 민박집 할머니는 한정숙은 쳐다보지도 않은 채 돌아갔다. 터져 나오는 불만을 꾹 참은 한정숙은 멀리 바다를 바라봤다. 도로 옆 축대 아래로 모래사장이 펼쳐져 있고, 그 너머에 갯벌이 있었다. 남편인 송창래는 몇 년 전부터 여름에는 여기로 와서 민박집에 며칠 머물면서 수영을 하거나 갯벌에서 조개를 캤다. 춤추고 노래하는 걸 좋아하는 한정숙으로서는 오고 싶지 않은 곳이었지만 어쩔 수 없었다. 남편이 주는 막걸리를 몇 잔 마신 한정숙은 먼바다를 물끄러미 바라봤다. 저녁이 되자 카세트에서 나오는 음악 소리와 노랫소리가 사방에서 점점 더 커졌다. 민박집에도 손님들이 계속 들어오면서 할머니는 바쁘게 움직였다. 의붓아들과 손자도 나와서 돕고 있었지만 한꺼번에 들이닥치면서 정신이 없었다. 틈을 보던 한정숙은 남편이 내려놓은 막걸리 잔을 살짝 쳤다. 밥상 모서리에 아슬아슬하게 걸쳐져 있던 막걸리 잔은 평상으로 떨어졌다. 아끼는 폴로 셔츠에 막걸리가 튀자 남편은 짜증을 냈다. 의붓아들 역시 게임기에 막걸리가 튀었다고 툴툴거렸다. 손님을 맞이하느라 정신이 없던 민박집 할머니는 수건 좀 달라는 남편의 말에 혀를 찼다.

"칠칠맞지 못하게."

계획대로 진행한 한정숙은 건네받은 수건으로 남편의 셔츠를 닦아주었다.

"차라리 씻고 한숨 자고 갯벌에 나가는 건 어때요? 오늘 운전하느라 힘들었잖아요."

사실 어제도 늦게까지 술을 마시고 들어와서 운전을 할 때도 몇 번이고 하품을 했었다. 술과 음식을 좋아하지만 운동과는 담을 쌓은 편이라 배도 많이 나왔고, 조금만 걸어도 숨을 헐떡이곤 했다. 피곤한 건 사실이라 남편은 잠깐 생각에 잠겼다가 몸을 일으켰다.

"씻고 한숨 자자."

의붓아들은 게임기를 소매로 닦는 중이었다. 그런 그에게 슬쩍 물었다.

"들어가서 같이 잘래? 아니면 오락실 갈래?"

"오락실 갈래."

단번에 대답하고는 손을 내밀었다. 한정숙은 지갑에서 5,000원을 꺼내서 줬다.

"이따가 부르면 와."

"네."

돈을 챙긴 의붓아들은 슬리퍼를 신고 쏜살같이 나갔다. 그리고 길옆에 있는 천막으로 된 오락실로 뛰어갔다. 의붓아들은 따로 시계가 없었기 때문에 이따가 부르기만 하면 되었다. 의붓아들이 뛰쳐나가고 나서 한정숙은 남편과 함께 집으로 들어갔다. 셔츠를 벗은 남편이 툴툴거리며 화장실로 향했다.

문을 열려던 남편에게 한정숙이 말했다. "여보, 시계!"

"아!"

남편이 생각난 듯 손목에 차고 있던 가짜 롤렉스 시계를 풀어서 건넸다. 옷과 시계를 건네받은 한정숙이 말했다.

"이불 펴놓을게요."

방으로 돌아온 한정숙은 비닐 옷장에서 눅눅한 이불을 꺼내 바닥에 펼쳤다. 베개를 던져놓고 남편의 롤렉스 시계를 한 시간 빠르게 돌려놨다. 그리고 탁상시계도 바늘을 돌려서 똑같이 한 시간을 빠르게 해놓았다. 탁상시계 옆에 롤렉스 시계를 가지런히 놓은 한정숙은 이불 위에 앉아서 창밖을 바라봤다. 여름이라 해가 늦게 질 것이기 때문에 해를 봐서는 시간을 가늠하기 어려울 것 같았다. 아니, 그래야만 했다. 잠시 후, 남편이 수건으로 머리를 벅벅 닦으면서 들어왔다.

이불에서 일어난 한정숙이 말했다. "셔츠 빨고 올게요. 좀 주무세요. 6시 반쯤 깨우면 되죠?"

"알았어."

대답을 듣고 밖으로 나온 한정숙은 화장실로 가서 쪼그리고 앉아서 남편의 셔츠를 빨았다. 비누 거품이 한정숙의 서러움처럼 녹아내렸다. 셔츠를 빨아서 꾹 짠 다음에 밖으로 가지고 나왔다. 뒤뜰에 있는 빨랫줄에 널어놓은 다음에 집으로 들어왔다. 예상대로 남편은 베개를 끌어안고 코를 골면서 자는 중이었다. 한정숙은 조용히 옆에 누웠다. 그리고 눈은 책상 위에 있는 탁상시계로 향했다. 너무 긴장한 채 바라보니까 초침 소리도 들리는 것 같았다. 시간이 흘러가기만을 기다렸다. 한참 걸릴 줄 알았지만 예정했던 시간은 금방 다가왔다. 유령처럼 일어난 그녀는 코를 골고 있는 남편 송창래를 깨웠다.

"여보, 일어나요. 갯벌 갈 시간이에요."

몇 번 흔들어 깨우자 남편이 코골이를 멈추고 눈을 떴다. 눈을 비빈 남편은 손을 뻗어서 손목시계를 찼다. 그리고 머리를 넘기면서 말했다.

"벌써 시간이 이렇게 됐나?"

"늦으면 조개 못 캐잖아요. 얼른 가요."

남편이 정신을 차리면 안 될 것 같아서 계속 재촉을 했다. 다행히 남편은 눈을 껌뻑거리며 시계를 보고는 바로 일어나서는 밖으로 나갔다. 손목시계와 탁상시계는 모두 6시 반이었지만 실제 시간은 한 시간 더 늦은 7시 반이었다. 한정숙은 얼른 탁상시계의 시간을 원래대로 돌려놓고는 따라 나갔다. 저녁 무렵이 되자 동막 해변은 곳곳에서 틀어대는 음악과 웃음소리들 때문에 아까보다 더 시끄러웠다. 혹시나 민박집 할머니와 마주칠까 걱정했지만 다행히 부엌에서 나오지 않았다. 입구에서 하품을 하는 남편 대신 장화와 플라스틱 대야를 챙긴 한정숙은 밖으로 나오면서 오락실 쪽을 바라봤다. 원래는 의붓아들도 데려갈 생각이었지만 보이지 않으면 놓고 갈 생각이었다. 어차피 남편만 없애면 의붓아들 녀석은 크게 신경 쓸 상황이 아니었기 때문이다. 불행인지 다행인지 의붓아들이 오락실에서 나오면서 마주쳤다. 의붓아들을 본 남편이 소리쳤다.

"조개 캐러 가자. 어서 와."

"나, 화장실."

의붓아들이 어기적거리자 남편이 화를 냈다.

"빨리 안 와!"

아버지의 성격을 누구보다 잘 알던 의붓아들은 군소리 없이 따라왔다. 해변으로 내려가는 계단에 잠시 대야를 놓고 장화로 바꿔 신었다. 여름이긴 하지만 어둠이 깔리기 시작하고 석양이 저물어 갔다. 하지만 남편은 시계를 한번 보고는 계속해서 들어갈 채비를 했다. 해변으로 내려가자 조개 캐기를 마친 사람들이 삼삼오오 나오는 중이었다. 그걸 본 남편은 다시 고개를 갸웃거렸지만 그대로 갯벌로 들어갔다. 뒤따라온 의붓아들은 장화가 발에 맞지 않는다며 투덜거렸지만 한정숙은 들은 척도 하지 않고 남편에게 본격적인 작업을 했다.

"저쪽에 바위 있는데 저기서 잡아볼까요?"

한정숙이 가리킨 바위 쪽을 힐끔 본 남편이 고개를 끄덕거렸다. 바위에 도착한 남편은 위로 올라가서 주변을 살펴보면서 담배를 꺼내서 불을 붙였다. 한정숙은 대충 주변을 다니면서 조개를 캐는 척했다. 의붓아들 역시 조개가 다닥다닥 붙은 바위 모서리에 쪼그리고 앉아서 멍하게 바다를 바라봤다. 담배를 다 피운 남편이 파도 너머로 꽁초를 던져버린 다음에 바위 아래로 내려왔다. 그리고 호미를 들고 갯벌을 파면서 조개를 찾았다. 그러다가 다시 엉거주춤 일어나서 주변을 돌아봤다.

"물이 왜 이렇게 빨리 차."

뒷걸음질 친 남편이 바위로 올라갔다.

두근거리는 가슴을 애써 진정시킨 한정숙이 바위 모서리에 주저앉으며 말했다. "얼른 조개 캐고 나가요."

"그럴까?"

남편이 다시 갯벌에 발을 디디려고 하다가 빠른 속도로 물살이 치자 깜짝 놀랐다.

"이거 왜 이래?"

항상 큰소리를 치는 남편답지 않게 당황하는 모습이 역력했다. 그 와중에 바위에 쪼그리고 앉아 있던 의붓아들이 겁에 질린 목소리로 외쳤다.

"물이 올라와요. 아빠."

삽시간에 차오른 밀물에 바위는 차츰 잠겨버렸다. 남편은 엉거주춤 서서 동막 해변 쪽을 바라봤다. 같이 살면서 가장 통쾌한 순간이었다. 밀물은 빠르게 차올라서 바위 위로 점점 쫓겨 올라갔다. 특히, 바위 주변은 물살이 소용돌이를 쳐서 더 무시무시했다. 남편은 다시 물속에 발을 디뎠다가 휘청거렸다. 한정숙은 손을 뻗어서 남편을 붙잡았다. 겨우 균형을 찾은 남편은 바위 위로 기어 올라왔다. 이제는 파도까지 치면서 바위 위에 있던 세 사람은 흠뻑 젖었다.

"젠장, 이게 무슨 일이야? 물은 8시에 찬다고 하지 않았어? 아직 7시밖에 안 됐는데."

남편의 투덜거림에 의붓아들이 외쳤다.

"무슨 7시예요. 8시가 넘었는데."

"뭐라고?"

놀란 남편이 손목에 찬 시계를 쳐다봤다. 그리고 의붓아들에게 소리쳤다.

"7시잖아. 지금."

머리에 묻은 물을 훔쳐낸 의붓아들이 악을 쓰며 외쳤다.

"아니에요. 아까 오락실에서 나왔을 때가 SBS 8시 뉴스 시작할 때였단 말이에요."

의붓아들의 얘기를 들은 남편은 놀란 눈으로 다시 시계를 바라봤다. 한정숙은 그 와중에 주변의 물살을 살펴봤다. 리셋을 결심한 이후 강도 높은 수영 연습을 하면서 이날을 준비했다. 하지만 수영장과 바다는 환경이 전혀 달랐다. 거기다 수영복과 수경같이 도움이 될 만한 것도 없었다. 오리발을 몰래 챙겨올까 했지만 부피가 너무 커서 들킬 것 같아 포기했다. 타이밍을 보고 있던 한정숙에게 남편이 소리쳤다.

"너!"

한정숙은 몹시 화가 난 남편 송창래를 향해 가운뎃손가락을 들어 올리고는 물속으로 뛰어들었다. 일그러진 남편의 얼굴과 울고 있는 의붓아들의 표정을 보고 너무나 기분이 좋았지만 만만치 않은 바다와의 싸움이 남았다. 잔잔한 수영장과는 여러모로 다를 것이라고 예상했지만 생각보다 거칠었다. 특히, 밀물이라고 파도가 안쪽으로만 밀려가는 건 아니라서 순식간에 먼바다 쪽으로 떠밀려갔다. 거기다 파도의 높이를 예상하지 못해서 코와 입으로 물이 들어왔다. 정신을 못 차리며 허우적거리던 한정숙의 머리 옆에 뭔가가 떨어졌다. 고개를 살짝 돌리니까 남편과 의붓아들이 자신을 향해 돌을 던지는 것이 보였다. 그걸 본 한정숙은 이를 악물고 팔과 다리를 움직였다.

'다리는 꼿꼿하게, 팔을 유연하게!'

수영 강사인 이진호가 해준 얘기를 속으로 중얼거리며 필사적으로 수영을 했다. 이러다가 잘못하면 육지에 도달하지 못하고 파도에 휩쓸려 죽을 수 있다는 공포감이 잔물결 사이로 엄습해왔다. 다행스럽게도 큰 파도가 치지 않아서 금방 체력을 회복하고 앞으로 나아갈 수 있었다. 수경이 없는 탓에 거의 눈을 뜰 수 없었고, 물은 혼탁하고 거품이 많았다. 하지만 간간이 고개를 들면 보이는 해변 쪽을 목표로 필사적으로 헤엄쳐갔다. 하지만 해변에 도달하기도 전에 지치고 말았다.

'진짜 오리발이라도 가져올걸.'

몇 번 물을 먹은 탓인지 몸은 더 무거워졌고, 차츰 정신도 희미해졌다. 역시 무리였다는 체념이 드는 순간, 남편이 자신과 상의 없이 들었던 사망 보험금과 자신을 향해 활짝 웃는 이진호의 모습이 떠올랐다.

'내가 이 순간을 위해 몇 달을 준비했는데!'

젖 먹던 힘까지 쥐어짠 한정숙은 이를 악물고 수영을 했다. 다행히 육지와 가까워졌는지 해변이 보이기 시작했다. 어둠이 막 찾아온 해변에는 사람들이 가득했다. 몇십 미터 정도 가까워지자 저기 있다는 외침이 들려오고, 누군가 구조용 튜브를 던졌다. 조금 더 가자 발이 땅에 닿았다. 살았다는 기쁨과 성공했다는 희열이 느껴지면서 순간적으로 몸이 굳어졌다. 그 바람에 몸이 축 늘어졌는데 다행히 사람들이 물속으로 들어와서 한정숙을 끌어냈다. 콜록거리며 해변으로 끌어올려진 한정숙은 주변을 무수히 둘러싼 사람들의 시선을 느꼈다. 눈을 몇 번이고 감았다 뜬 한정숙은 곧바로 외쳤다.

"남편이랑 아이가 있어요. 어서 구해주세요."

한정숙은 일어나려고 발버둥을 치다가 직접 구하러 가겠다며 물속으로 들어가려고 했다. 물론 사람들이 안 된다고 뜯어말렸다. 누군가 배가 간다고 외치면서 손가락질을 하는 게 보였다. 놀란 한정숙은 벌떡 일어나서 바닷가를 바라봤다. 고무보트 같은 게 물살을 헤치고 나아가는 중이었다. 혹시나 남편과 의붓아들을 구출할까 봐 덜컥 겁이 났지만 잠시 후 안도의 한숨을 쉴 수 있었다. 밀물 때문에 고무보트는 거의 앞으로 나아가지 못했고, 둘이 있던 바위는 물속에 잠겼는지 보이지 않았기 때문이다. 한정숙은 그걸 보면서 속마음과는 전혀 다른 내용을 외쳤다.

"빨리요! 빨리!"

정신없이 외치던 한정숙은 그대로 혼절해버렸다. 긴장이 풀리고 뒤늦게 몰려온 죄책감 때문이었는데 주변 사람들은 남편과 아들을 잃고 충격에 빠져서 정신을 잃은 걸로 오해했다. 잠시 후에 정신이 돌아왔지만 그대로 정신을 잃은 척했다. 그게 이 상황을 모면하는데 가장 좋다는 생각이 들었기 때문이었고, 사람들이 앰뷸런스를 부르라는 소리가 들렸다. 잠시 후, 익숙한 사이렌 소리가 들려왔다. 축 늘어져 있던 그녀는 이동식 침대에 실려서 구급차에 태워졌다. 뒷문이 닫히고 구급차가 출발하는 걸 느낀 한정숙이 저도 모르게 한숨을 내쉬었다. 그러자 구급대원이 정말 다행이라는 듯 외치는 소리가 들렸다.

"환자 의식이 돌아오고 있습니다."

한정숙은 남편이 모는 무쏘를 타고 건너왔던 강화대교를 구급차를 타고 건너갔다.

연세 세브란스 병원에 입원한 한정숙에게 형사들이 찾아온 것은 이틀 후였다. 동전을 넣고 볼 수 있는 TV에서 남편과 아들의 시신이 발견되었다는 짤막한 뉴스를 본 직후라 한정숙은 더 긴장했다. 찾아온 경찰은 두 명이었는데 한 명은 앞머리가 많이 비어 있는 나이 든 형사였고, 다른 한 명은 청재킷을 입은 젊은 형사였다. 질문은 나이 든 형사가 했고, 젊은 형사는 그녀가 누워 있는 침대 발치에 서서 바라봤다. 등받이가 없는 둥근 의자를 바짝 당겨서 앉은 나이 든 형사는 작은 수첩을 바지 뒷주머니에서 꺼낸 다음 손가락에 침을 묻혀가면서 펼쳤다.

"한정숙 씨 맞으시죠."

"네, 맞아요."

"가족이랑 동막 해변에는 왜 놀러 가신 겁니까?"

"나, 남편이 가자고 했어요. 매년 여름이 되면 항상 거기에 놀러 가거든요."

"자주 놀러 가셨다면 거기 갯벌의 물이 빨리 차오른다는 걸 아셨을 텐데요?"

"저는 재작년에 결혼해서 두 번째로 간 거였어요. 갯벌에 물이 그렇게 빨리 찰 줄은 정말 몰랐어요. 그냥 남편이 자주 왔으니까 알아서 하겠지라고 생각했죠. 남편은 자기 말을 안 듣는 걸 정말 싫어했거든요."

나이 든 형사가 모나미 볼펜으로 수첩에 글을 끄적거린 후 질문을 이어갔다.

"한정숙 씨 가족이 머문 민박집 주인 할머니 얘기로는 물이 들어오는 시간을 정확하게 알려줬다고 하던데요."

"저도 들었어요. 그래서 6시 반쯤 들어가자고 해서 그때 들어갔어요."

대답을 하면서 민박집에 있던 시계를 떠올렸다. 시간을 다시 원래대로 맞춰놓았는지 기억을 더듬는데 그동안 침묵하던 젊은 형사가 불쑥 말을 건넸다.

"갯벌에 있던 사람들 말로는 거의 8시가 다 되어서 들어갔다고 하던데요?"

"잘 모른다니까요. 남편이 일어나서 가자고 해서 따라갔어요."

그녀가 살짝 언성을 높이자 나이 든 형사가 젊은 형사를 힐끔 바라봤다. 손바닥을 까닥거리는 것으로 봐서는 말을 더 하지 말라고 하는 것 같았다.

헛기침을 크게 하면서 분위기를 바꾼 나이 든 형사가 물었다. "갯벌의 바위에 고립되었을 때 상황이 어땠습니까?"

그녀는 이틀 동안 화장실에서 거울을 보고 수백 번을 생각하고 연습한 말을 했다.

"물이 갑자기 불어나서 바위로 올라갔어요. 그런데 바위에도 물이 계속 차더라고요. 이러다 안 되겠다 싶어서 남편이랑 아들한테 육지로 헤엄쳐서 가자고 했죠. 다들 수영을 못한다고 했지만 그 상황에서는 어쩔 수 없다고 했죠. 같이 물이 뛰어들자고 했는데 돌아보니까 남편이랑 아들은 그냥 남아 있더라고요. 돌아가려고 했는데……." 감정에 북받친 척하면서 눈물을 글썽거렸다.

그러자 나이 든 형사가 수첩을 덮으면서 말했다. "참 안타까운 사고였습니다. 원래는 이 정도까지 조사를 하지는 않는데 보험 회사에서 강력하게 조사를 해달라고 요청해서요."

그녀는 영문을 모르는 척 고개를 들었다. "보험 회사요?"

"네, 돌아가신 남편분께서 거액의 사망 보험을 들어놓았는데 가입한 지 얼마 되지도 않아서 사고가 났다면서 윗선에 찌른 모양이

더군요."

그때서야 그녀는 기억이 나는 척했다. "그 사망 보험이요. 남편이 친구 권유로 들었다고 했어요. 저랑 상의도 안 하고 가입해서 뭐라고 잔소리를 했더니 불같이 화를 내더라고요."

"남편 친구분을 오전에 만났습니다. 말씀대로 본인이 가입을 권유했다고 하더라고요."

"당연하죠. 아니면 그렇게 말도 안 되는 조건의 보험을 왜 지금 들겠어요."

그녀의 대답을 들은 나이 든 형사가 의자에서 일어났다.

"마음도 아프시고 몸도 회복이 안 되셨을 텐데 폐를 끼쳐서 죄송합니다. 명함 놓고 갈 테니까 혹시 생각나시는 게 있거나, 하실 얘기가 있으면 연락 주십시오."

"네, 냉장고에 주스 있는데 가시면서 드세요."

"괜찮습니다."

가볍게 손사래를 친 나이 든 형사가 병실 문으로 걸어갔다. 하지만 젊은 형사는 여전히 그녀를 바라봤다. 의아해하는 한정숙에게 청재킷의 깃을 올린 젊은 형사가 물었다.

"돌아가신 남편이 차고 있는 시계를 봤는데요. 시간이 7시 41분에 멈췄더라고요."

무슨 뜻인지 몰라서 눈만 껌뻑거리던 그녀는 잠시 후 그게 어떤 의미인지 깨달았다. 한정숙이 아무 대답도 못 하는 와중에 젊은 형사의 질문이 이어졌다.

"그리고 같이 사망한 아드님이 오락실에서 거의 8시가 다 되어서야 나갔다는 주인의 증언도 있었고요. 분명, 민박집 주인은 8시에 물이 차니까 그 이전에 나와야 한다고 했는데 왜 그 시간에 들어간 거죠?"

마치 모든 걸 다 안다는 듯한 표정으로 쳐다보는 젊은 형사의 차가운 눈빛에 그녀는 절망감의 바다에 빠져서 허우적거렸다. 이불을 움켜쥔 두 손이 주체할 수 없을 정도로 떨려오고, 심장이 터질 듯이 꿈틀거렸다. 어찌할 줄 모르던 그녀는 자기도 모르게 범행을 자백하려고 했다. 그런데, 나이 든 형사가 젊은 형사의 어깨를 잡고 소리쳤다.

"야! 지금 뭐하는 거야? 남편이랑 아들을 잃은 유가족한테."

"아니, 따져볼 건 따져봐야죠."

"남편이 사모님이랑 아들 끌고 갯벌로 간 거 본 사람이 수십 명이야. 시간을 착각했든지, 아니면 일찍 나올 생각이었겠지."

나이 든 형사가 짜증 난 목소리로 쏘아붙이고는 한정숙에게 고개를 숙였다.

"죄송합니다. 이 친구가 아직 신참이라서요."

연거푸 사과한 나이 든 형사가 젊은 형사의 청재킷을 잡아끌면서 밖으로 나갔다. 문이 닫히는 소리와 함께 한정숙은 침대에 벌렁 누워버렸다. 같은 병실에 있던 다른 환자들이 젊은 형사가 무례하다며 한마디씩 하는 게 들렸다. 한숨 돌린 한정숙은 이불을 뒤집어쓰고 크게 울었다. 하지만 사실은 웃는 것이었다. 가장 큰 고비를 넘겼다는 생각에 웃음과 울음이 동시에 터져나왔다. 한참을 그렇게 눈물과 웃음을 번갈아 내뱉고 있는데 갑자기 이불이 들춰졌다.

"어머나."

이불을 들춘 건 밉살스러운 시누이 송미애였다. 누워 있던 한정숙을 표독스러운 눈길로 노려본 그녀가 다짜고짜 멱살을 잡았다.

"남편이랑 자식이 관 속에 있는데 장례식장에는 코빼기도 안 보이고 여기서 뭐하고 있는 거야?"

예상 밖의 시비에 놀란 한정숙은 고스란히 멱살이 잡힌 채 이리저리 흔들렸다. 결혼을 대놓고 반대한 건 물론이고, 툭하면 돈을 빌려달라고 해서 그녀의 골치를 아프게 한 시누이의 행패에 한정숙은 고스란히 당할 수밖에 없었다. 보다 못한 같은 병실의 할머니가 나섰다.

"이봐요. 저 사람도 죽다 살아났어! 그만 좀 해."

"그만하긴 뭘 그만해!"

송미애가 할머니에게 버럭 소리를 지르고 떠밀었다. 그 바람에 할머니가 넘어지자 할머니의 건장한 아들이 분개했다.

"아니, 이 여자가!"

아들이 송미애의 뺨을 때리고 멱살을 잡은 다음에 병실 밖으로 밀어냈다. 그리고 바락바락 악을 쓰는 그녀를 슬리퍼로 밟았다. 밉살스러운 시누이가 당하는 꼴을 본 한정숙은 결국 울음을 터뜨렸다. 병실의 환자들과 보호자들이 그런 그녀를 다독거렸다. 이틀 동안 병실에 누워서 울면서 신세 한탄을 하는 척했는데 그걸 보고 진짜라고 믿은 것이다. 복도에서의 소란은 병원 직원들이 몰려오면서 끝이 났다. 할머니의 아들은 손을 탁탁 털고 들어왔고, 한정숙은 기어 들어가는 목소리로 고맙다는 말을 했다. 온몸에 힘이 쫙 빠지면서 다시 침대에 누웠다. 머리가 어지럽다 못해 터져나갈 것 같았다. 불안감이 극에 달해서 그런지 헛구역질도 나왔다. 하지만 그러는 한편, 짜릿함이 밀려왔다.

'이게 완전범죄라는 거구나.'

젊은 형사가 살짝 의심한 것 빼고는 그 누구도 그녀가 남편과 의붓아들을 일부러 갯벌로 끌고 가서 죽인 것이라고는 생각하지 않은 것이다. 거기다 사망 보험도 남편이 먼저 알아서 들은 거라서 의심받을 일이 없었다. 시누이가 와서 행패를 부리는 예상 밖의 일이 있긴 했지만 그런 시누이조차 한정숙이 둘을 사지로 몰아넣었다는 걸 눈치채지는 못한 것 같았다.

잠시 후, 기운을 차린 한정숙은 아까 도와주다가 봉변을 당한 할머니에게 가서 고맙다는 말을 하면서 눈물을 흘렸다. 그러자 할머니가 어깨를 토닥거렸다.

"산 사람은 살아야지. 안 그래?"

할머니의 위로는 마치 범죄는 걸리지 않을 것이니까 염려하지 말라는 것처럼 들렸다. 더욱더 안심이 된 한정숙은 크게 목 놓아 울었다.

현재

방문객

평화롭지만 평화롭지 않은 것 같은 일주일이 지났다. 유혜린은 요가학원 원장에게 그만 다니겠다고 통보했다. 원장은 펄쩍 뛰었지만 유혜린은 뜻을 굽히지 않았다. 인도에서 배운 것과 다른 요가를 가르쳐준 것도 그렇고, 자신에게 얘기하지도 않고 남성신과 같은 클래스에 넣으려고 한 것에 배신감을 느낀 게 컸다. 한편, 마이클이 회사의 고문 변호사를 통해 알아봤지만 남성신의 죽음은 자살로 처리되어서 별다른 조사를 하지 않는다는 답변만 돌아왔다. 유혜린은 마음에 두고 있었지만 남성신의 죽음은 입주민들 사이에서는 빠르게 잊혔다. 다만, 비어버린 집에 누가 들어오는지 궁금했다. 순번을 기다리고 있던 입주 예정자들이 몇 명 찾아왔지만 전 주인이 외국에서 자살했다는 얘기를 들었는지 계약을 포기했다. 하지만 유혜린은 자신에게 집착에 가까운 관심을 보이고, 과거가 전혀 알려지지 않았던 그녀의 죽음에 대한 관심을 거두지 않았다. 그사이, 집에 돌아왔던 남편 마이클은 어제 다시 유럽 출장을 떠났다. 아쉬워하는 남편과 공항에서 헤어지고 돌아온 유혜린은 기사에게 말했다.

"지하 주차장 말고 입구에 세워주세요. 좀 걷다가 들어갈게요."

"알겠습니다, 사모님."

"주차하시고 바로 퇴근하세요. 남편이 돌아올 때까지는 출근 안 하셔도 돼요."

"감사합니다. 중간에 어디 멀리 가실 일 있으면 연락 주십시오. 모셔다드리겠습니다."

"그럴게요."

차가 조용히 아파트 입구에 멈췄다. 경비실에서 나온 경비원이 번호판을 확인하고는 가볍게 고개를 숙였다. 유혜린이 차에서 내리자 경비원이 다가와서 문을 닫아줬다. 고맙다는 인사를 남긴 그녀는 천천히 아파트 단지 안으로 걸어 들어갔다. 하늘로 치솟은 세 개의 아파트와 그 아래쪽의 상가 건물은 마치 띠처럼 공중 복도로 연결되었다. 그리고 여기저기 놀이터가 있어서 아이들이 뛰어노는 중이었다. 집으로 초대하겠다고 얘기한 예나를 찾아봤지만 학원에 있는지 보이지 않았다. 천천히 걸어가고 있는데 뒤에서 누군가 부르는 목소리가 들렸다.

"저기요!"

고개를 돌리자 탈색 머리를 한 중년 여성이 보였다. 처음 보는 얼굴이었지만 특이한 탈색 머리는 봤던 기억이 났다. 검은색 뿔테 안경을 쓴 중년 여성은 턱살이 축 처져 있었고, 뱃살도 살짝 보였다. 찢어진 청바지에 하이힐을 신은 그녀는 돌아선 유혜린에게 말을 걸었다.

"여기 사시죠?"

질문을 한 그녀의 시선은 자연스럽게 높이 치솟은 아파트로 향했다. 따라서 고개를 든 유혜린은 고개를 끄덕거렸다.

"네, 혹시 일주일 전쯤에 아파트로 들어오려고 했던 기자님 아니신가요?"

"맞아요. 이놈의 나라는 감추려고 드는 게 너무 많아서 해 먹기 힘든 직업이죠. 잠깐 여쭤보고 싶은 게 있는데요."

유혜린은 대답 대신 손을 내밀었다.

"신분증 보여주세요. 제가 아는 기자들은 모두 신분이랑 이름부터 밝히던데요."

"아, 월령일보라고 작은 지역신문이에요. 송미애라고 하고, 명함 드릴게요."

"월령일보 잘 알아요. 남편이랑 인터뷰를 두 번 했거든요. 거기 상주하는 기자는 없는 걸로 알고 있는데요?"

휴대폰을 꺼낸 유혜린이 송미애라고 자신을 밝힌 여인을 바라봤다.

"기자라고 하면서 꽉 끼는 청바지에 굽이 있는 하이힐을 신었네요. 취재 나오는 기자들은 남자든 여자든 얼마나 서 있을지 몰라서 편한 신발을 신는데요."

남편 마이클과 사귀기 전에 기자와 소개팅을 한 적이 있었던 유혜린의 날카로운 추궁에 뭔가 반박하려던 여인은 포기하는 표정을 지었다.

"에이씨, 왜 이렇게 눈치가 빠른데?"

"스튜어디스 출신이라서요. 가장 중요한 게 승객들 심기거든요. 사람들의 말투나 눈빛, 손짓 같은 걸 보면 어떤지 금방 알아차려요. 당신은 기자 타이틀은 가지고 있을지 몰라도 진짜 기자는 아니라는 게 제 결론이고요."

"사실은……." 잠깐 말을 멈춘 그녀가 휴대폰을 꺼내고는 다가와서는 화면을 보여줬다. "여기 가운데 찍힌 여자를 찾으려고 접근했어요."

가족사진 같았는데 왼쪽의 남편과 오른쪽의 아들 사이에서 무표정하게 서 있는 여자였다. 휴대폰 화면을 본 유혜린은 고개를 저었다.

"모르는 사람이에요. 거기다 오래전 사진이라 알아보기도 힘들고요."

"이건 15년 전이고요. 다음 사진은 8년 전이에요."

다음 사진은 거리를 걷는 여성을 몰래 찍은 걸 확대한 사진이었다. 분위기가 사뭇 달라졌는데 얼굴도 많이 변했다.

"같은 사람이에요? 턱이랑 이마가 다른데요."

"강남의 알아주는 성형외과에서 수술을 받았으니까요. 그리고 몇 년 전에 한 번 더 받았어요."

송미애가 손가락으로 화면을 하나 더 넘겼다. 그 사진을 본 유혜린은 깜짝 놀랐다.

"어?"

"여기에 사는 사람 맞죠? 당신이랑 인도로 요가 배우러 갔던."

"맞아요. 남성신 씨."

송미애가 휴대폰을 도로 에코백에 넣으면서 말했다. "본명은 한정숙이었어요. 그리고 제 올케였죠. 오빠의 아내요."

"이름이 다르네요."

"법원에 개명 신청을 하고 바꿨어요. 그래서 찾느라 몇 년 동안 진짜 애를 먹었죠. 여기 살고 있다고 해서 찾아왔는데 들여보내주지를 않잖아요."

"그 사람 인도에서 죽었어요."

"시신 봤어요?"

송미애의 물음에 잠깐 생각하던 유혜린은 고개를 저었다.

"아뇨, 떨어지는 것만 봤어요."

"직접 얼굴을 봤나요? 아니면 멀리서?"

"멀리서요. 저랑 가까운 곳에 있지는 않았거든요."

"나는 시신 보기 전까진 절대 안 믿어요. 죽었다고 해서 낯짝 확인하려고 했더니 오자마자 화장해서 납골당에 처박아놨더라고요."

"남성신에 대해서 좋은 감정은 없었지만 올케였던 사람을 왜 찾는 건데요?"

"우리 오빠랑 조카를 죽였거든요. 그리고 보험금을 챙겨서 이런 곳에 살고 있어서요. 엄마는 나랑 그 여자를 쫓던 중에 차에 치여 돌아가셨고, 아버지도 술만 마시다가 몇 년 전에 세상을 떠나셨어요. 아버지 유언이 뭔지 아세요?"

유혜린이 고개를 젓자 송미애가 대답했다.

"그 원수를 잡아다 무덤 앞에 끌고 와서 사죄를 하게 한 다음에 목을 치라는 거였죠."

무시무시한 얘기를 아무렇지도 않게 한 그녀가 다시 아파트를 올려다봤다.

"그 여자 쫓느라 남편이랑 이혼하고 양육권도 날아갔죠. 아버지 돌보느라 통장도 다 바닥나버렸고요. 하지만 난 포기 못 해요."

한이 서린 그녀의 말에 유혜린은 두려움을 느꼈다.

"저는 시신을 확인하지 못했지만 요가학원 원장은 참관했으니까 잘 알 거예요. 그쪽에 물어보세요."

상대방이 대답하기 전에 유혜린은 서둘러 발걸음을 뗐다. 쫓아오면 어쩌나 했지만 다행히 놀이터의 경비원이 지켜보고 있다가 다가왔다. 경비원을 본 송미애는 몸을 돌려서 사라졌다. 한숨을 돌린 유혜린은 경비원과 눈인사를 하고는 놀이터로 향했다. 놀이터 쪽 출입구를 통해 아파트로 들어갈 생각이었다. 좀 돌아가긴 했지만 상가 쪽 입구로 들어갔다가 요가학원 원장과 마주칠 수도 있었기 때문에 피하고 싶었다. 안 그래도 계속 전화가 와서 피곤한 상황이라 마주치기 싫어서 며칠째 이쪽 길을 쓰는 중이었다. 공중 복도가 만들어낸 그늘을 따라 걷던 그녀는 휴대폰이 울려 화면을 확인했는데, 난생처음 보는 전화번호였다. 받을까 말까 주저하는데 벨 소리가 끊기고 같은 번호로 메시지가 왔다.

— 살고 싶으면 받으세요. 얼른.

주저하던 그녀는 다시 걸려온 전화를 조심스럽게 받았다. 그러자 어떤 여성의 다급한 목소리가 들렸다.

— 유혜린 씨 맞죠?
— 네, 그런데요. 누구시죠?
— 그린우드 아파트에 사시고요.
— 그런데요? 누구세요?

가끔 오는 이상한 금융 상품이나 부동산을 사라는 전화 같지는 않아서 계속 듣고 있던 그녀에게 전화기 너머의 상대방이 말했다.

— 일단 안전하다고 생각되는 곳으로 가세요. 얼른요.
— 무슨 얘기예요. 그게.

다짜고짜 피하라는 말에 놀란 유혜린이 반문하자 거친 목소리가 들려왔다.

— 죽고 싶지 않으면 얼른 피하라고요!

오늘 왜 이런 일들이 계속 생기는지 모르겠다고 속으로 투덜거리며 주변을 두리번거리는데 머리 위에서 뭔가가 떨어지더니 방금 전까지 그녀가 서 있던 자리에 떨어졌다. 제법 큰 화분이라 떨어지면서 요란한 소리를 내면서 깨졌고, 사방으로 흙과 화분의 파편이 튀었다. 놀란 유혜린은 두 손으로 머리를 감싸면서 비명을 질렀다. 근처에 있던 경비원이 달려오는 게 보이는 와중에 휴대폰에서 목소리가 들렸다.

— 잠시 후에 연락드릴게요.

달려온 경비원이 괜찮으냐고 물어보면서 무전기로 상황을 보고 했다. 다리가 후들거린 유혜린은 근처의 벤치에 가 앉았다. 낮이라 사람들은 없었는데 소리를 들었는지 상가 쪽에서 몇 명이 나와서 지켜봤다. 무전기로 보고를 한 경비원이 유혜린에게 다가왔다.

"괜찮으세요?"

크게 숨을 들이쉰 유혜린이 고개를 끄덕거렸다.

"네, 괜찮아요."

"공중 복도에 있는 화분이 떨어진 모양입니다."

"그런 거 같아요. 그런데 저렇게 무거운 게 그냥 떨어질 리는 없겠죠?"

"네, 그래서 바로 확인해달라고 했습니다."

경비원의 굳은 표정을 본 유혜린은 그냥 사고가 아니라는 걸 깨달았다. 고개를 들어 공중 복도를 바라봤지만 사람의 모습은 보이지 않았다. 넋이 나간 그녀에게 다시 전화가 왔다. 위험하다고 알려준 바로 그 번호였다. 허겁지겁 전화를 받은 유혜린에게 상대방이 말했다.

— 잠시 후에 상가 지하에 있는 아이스크림 가게에서 봐요. 여기 이름이…….

— 클라우드죠. 어딘지 알아요.

— 미행 있는지 잘 살펴보세요.

통화를 끝낸 그녀는 허겁지겁 달려오는 경비팀 오 팀장을 발견했다. 전직 경찰 고위 간부 출신이라는 오 팀장은 멀리서부터 굽실거리며 다가왔다.

"아이고, 괜찮으세요?"

"네, 다치지는 않았어요."

"지금 직원들이 조사 중입니다. 저게 절대 그냥 떨어질 수는 없잖아요."

깨진 화분은 아파트 관리사무소에서 부른 청소부들이 와서 빠르게 치우는 중이었다.

한숨 돌린 그녀가 오 팀장에게 말했다. "저기, CCTV가 있나요?"

"아, 그게 원래 설치되어 있었는데 아파트 주민분들이 사생활 침해라고 얘기하셔서 모두 철거했습니다. 이런 일이 생길 줄은 정말 몰랐어요."

오 팀장은 마치 자기 잘못인 것처럼 어쩔 줄 몰라 했다. 유혜린은 이해한다고 말하고는 몸을 일으켰다.

오 팀장이 서둘러 말했다. "직원을 시켜서 76층으로 모셔다드릴까요?"

"아니에요. 괜찮아요."

"최대한 빨리 조사해서 결과를 알려드리겠습니다. 경찰에는 직접 신고하시겠습니까? 아니면."

"사고인지 아닌지 정확하게 모르니까 경비팀에서 진행하는 조사 결과를 지켜볼게요."

"알겠습니다. 바로 연락드리겠습니다."

경례를 한 오 팀장이 돌아서서 경비원과 함께 사라졌다. 그가 멀어지는 걸 본 유혜린은 몸을 일으켰다. 그리고 아까 통화에서 말한 지하의 아이스크림 가게로 향했다. 아이스크림콘에 구름이 올라간 간판의 가게 문을 열고 들어가자 하얀 모자를 쓴 사장이 반갑게 맞이했다.

"어머, 오랜만이에요."

"네, 잘 지내셨어요?"

가볍게 대답을 하고 안쪽으로 들어갔다. 기역자 형태의 가게라 안쪽 깊숙한 곳에서는 입주민들 눈에 띄지 않고 만나고 싶은 사람들이 종종 오곤 했다. 목소리만 알고 있어서 어떻게 알아볼까 걱정했지만 그녀들을 만나는 순간 걱정이 싹 사라졌다.

벽을 등지고 두 여성이 나란히 앉아 있었는데 너무 선명하게 대비되면서도 특이했다. 오른쪽에 앉은 덩치가 큰 여성은 짙은 화장에 피부가 까만 편이었다. 거기다 특이한 목걸이와 반지를 잔뜩 하고 있어서 눈에 확 들어왔다. 옆에 앉은 여성은 대조적으로 키와 체구가 몹시 작았다. 하지만 머리는 푸석푸석한 은발에 민소매를 입고 있는데 어깨와 팔뚝에 문신들이 많았다. 풍기는 분위기가 심상치 않아서 그런지 사람들이 다가가기 쉽지 않아 보였다.

두 사람에게 다가간 유혜린이 물었다. "혹시 방금 전화 주신 분인가요?"

조용히 손을 든 은발 머리 여성이 옆에 앉은 덩치 큰 여성을 바라봤다.

"봐, 금방 온다고 했잖아."

"난 아무 말도 안 했어."

투닥거리는 두 사람을 보고는 유혜린이 가볍게 웃었다.

"여긴 처음이죠. 일단 아이스크림 주문하고 올게요."

카운터로 간 유혜린은 사장에게 아이스크림을 주문하고는 계산한 다음에 두 사람이 있는 곳으로 돌아갔다. 자연스럽게 앞에 앉은 그녀에게 은발 머리 여성이 말했다.

"안녕하세요. 저는 강라혜라고 해요. 취미는 운동이고요. 얘는 허연수예요. 컴퓨터를 잘 다루는 해커죠."

"해커요?"

유혜린의 조심스러운 물음에 허연수가 고개를 끄덕거렸다.

"어릴 때부터 집에 혼자 있는 걸 좋아해서요. 이것저것 만지작거리다 컴퓨터랑 친해졌죠."

어쩐지 말하는 걸 쑥스러워하는 허연수 대신 강라혜가 주로 입을 열었다.

"저도 어릴 때 체격이 작아서 왕따가 되곤 했어요. 그래서 운동을 하고 몸에 문신을 새겼죠. 그 이후로 더 이상 괴롭히는 사람이 없어졌어요."

힐끔 보긴 했지만 팔뚝과 어깨의 근육은 운동으로 다져진 게 맞았다. 잠시 후, 사장이 주문한 아이스크림을 조심스럽게 내려놓고 사라졌다. 드라이아이스를 써서 연기가 나오는 걸 허연수가 신기한 눈길로 바라보는 가운데 강라혜가 유혜린을 바라봤다.

"일단 우리 소개부터 제대로 할게요. 우리는 블랙코트라는 사이버 장의사 팀이에요."

"사이버 장의사요?"

"네, 사람들이 인터넷에 있는 본인의 기록들을 없애려고 할 때 우리를 찾아와요. 디지털 장의사라고도 부르죠."

"그런 직업이 있다는 건 뉴스에서 본 적이 있긴 했어요. 그런데 왜, 어떻게 저에게 연락을 하신 거죠?"

유혜린의 물음에 허연수가 무릎에 올려뒀던 태블릿을 테이블 위에 올려놓고는 그녀 쪽으로 밀었다.

"아이패드 쓰시죠?"

"네, 사용하고 있어요."

"거기에 13분 전에 작성되었던 유서예요."

"뭐라고요?"

놀란 유혜린에게 허연수가 손가락으로 태블릿의 화면을 톡톡 쳤다. 화면을 바라보자 글씨들이 보였다. 유혜린은 천천히 한 글자씩 읽었다.

"삶이 무료해서 살고 싶지 않아요. 살아갈수록 마음이 텅 비어가는 것 같아서 이대로 생을 마감합니다. 목을 매거나 약을 삼킬 용기가 없어서 화분을 떨어뜨려달라고 부탁했어요. 사고사가 아니라 자살이니까 범인을 찾으려고 애쓸 필요 없어요."

어안이 벙벙해진 유혜린에게 강라혜가 말했다.

"대한민국에서는 살인 사건 해결률이 100퍼센트에 가까울 때가 있어요. 왜인지 아세요?"

유혜린이 고개를 젓자 강라혜가 대답했다.

"장기 미제 사건들의 범인이 잡히는 거죠. 대한민국에서 살인을 저지르고 빠져나가는 건 진짜 어려워요. 하지만 항목을 바꾸는 건 가능해요."

"항목이요?"

"살인이 아니라 자살이라면 아무도 신경을 안 쓰겠죠. 가장 확실한 건……."

강라혜의 말을 유혜린이 끊었다.

"유서를 남기는 거겠죠. 얼마 전에도 비슷한 일이 있었어요."

"남성신 씨 말씀이시죠? 인도에서 투신자살한."

"네, 그런데 여러모로 이상했어요. 돌아와서 굉장히 비싼 클래스의 요가 수업을 들으려고 미리 돈을 건넸거든요. 거기다 잘 아는 사이는 아니지만 삶에 미련이 없는 사람 같지는 않았어요."

"하지만 외국에서 벌어졌고, 유서가 나왔기 때문에 경찰이 조사를 하지 않았죠. 만약, 유혜린 씨가 떨어지는 화분에 맞아서 사망

했는데 집에 있는 태블릿에 이런 내용의 유서가 나왔다면 비슷한 일이 벌어졌을 거예요."

말없이 태블릿의 화면을 보던 유혜린은 잠시 후 고개를 끄덕거렸다.

"그런데 제가 쓰지도 않은 유서 같은 글이 어떻게 태블릿에 남은 거죠? 그리고 두 사람은 그걸 어떻게 안 거고요?"

이번에도 대답은 강라혜의 몫이었다.

"일단 우리는 블레이드라는 해커를 추적 중이었어요. 아주 악질적인 놈이죠."

"블레이드요? 칼날, 이라는 뜻인데요."

"맞아요. N번방 사건이랑 딥페이크 사건 아시죠?"

"네. 뉴스에서 봤어요."

"그 범죄와 연관이 있는 해커예요. 사실상 배후이긴 한데 아무도 본 적이 없어서 경찰도 붙잡을 수가 없었어요."

"나쁜 사람이네요."

"맞아요. N번방 사건으로 제 친구가 자살을 했고, 딥페이크 사건으로 연수의 언니가 스스로 목숨을 끊었어요. 그래서 우리 둘은 그놈을 쫓고 있는 중이었어요."

"그런데 어떻게 저한테 연결이 된 거죠?"

"그놈은 다크 웹에서 누군가의 컴퓨터나 휴대폰을 해킹해달라는 의뢰를 받아요. 정말 고생고생해서 녀석이 의뢰를 받는 다크 웹에 침입해서 흔적을 찾다가 여기까지 온 거죠."

강라혜의 설명을 들은 유혜린은 입을 다물지 못했다.

"누군가 내 태블릿을 해킹해달라는 의뢰를 했다는 말인가요? 그 해커한테."

이번에는 강라혜가 대답하지 않고 옆에 앉은 허연수를 바라봤다. 스푼으로 말없이 아이스크림을 퍼먹던 허연수가 고개를 끄덕거렸다.

"의뢰인이 누군지는 알 수 없지만 확실해요. 안 그랬으면 우리가 딱 맞춰서 전화하지는 못했겠죠."

"제 전화번호는 어떻게?"

"해킹을 추적하던 과정에서 찾아냈어요. 남성신 씨의 아이패드에 유서를 남겨달라는 의뢰가 있다는 것도 알아냈고요."

"그럼 남성신 씨는 자살이 아니라는 얘기네요?"

허연수가 대답을 하려다가 강라혜를 바라봤다. 강라혜가 어깨를 으쓱거리고는 대답했다.

"그건 모르겠어요. 암호로 주고받은 내용 일부만 해석을 했거든요. 시간이 조금 더 있었으면 전체를 해석했을 텐데 놈이 지워버렸어요."

"낌새를 챈 건가요?"

"그랬다면 다크 웹에서 나갔겠죠. 그냥 조심성이 많은 놈이에요. 그러니까 지금까지 잡히지 않고 살아남은 거죠."

누군가 자신을 죽이려고 했고, 심지어 가짜 유서까지 만들어서 자살로 위장하려고 했다는 사실을 알게 된 유혜린은 머리가 어지러웠다.

"말도 안 돼요. 누가 나한테 그런 짓을."

충격을 받은 유혜린에게 허연수가 아이스크림을 한 입 떠먹은 후 말했다. "우리 언니도 그랬어요. 평생 남한테 나쁜 짓 한 적 없고, 빨간불에 길을 건넌 것도 본 적이 없어요. 그런데 어떤 나쁜 놈이 언니 얼굴에 알몸을 합성해서 퍼뜨렸죠. 평생 착하게 살아온 언니는 그런 상황을 견디지 못했어요. 그러니까 자책할 필요 없어요. 나쁜 놈들은 사람을 가리지 않고 나쁜 짓을 저지르니까요. 내가 인도로 잘 걷고 있는데 음주 운전한 차가 차도에서 넘어온 거죠."

허연수의 얘기를 듣고 진정한 유혜린이 물었다. "블레이드에게 의뢰한 사람이 누군지는 모르나요?"

이번에는 강라혜가 대답했다. "다크 웹이라고 했잖아요. 가명으로 접촉하고 가상 화폐로 비용을 주고 받기 때문에 알아내기 진짜 힘들어요."

"경찰에 신고하면요?"

유혜린의 물음에 둘 다 시큰둥한 반응을 보였다.

이번에도 강라혜가 대답했다. "경찰은 빨리 출동하고, 범인이 있으면 잘 잡지만 가상의 공간에서는 별로 힘을 쓰지 못해요. 우리가 사이버 장의사로 일하는 건 사실 돈을 버는 것보다는 제 친구랑 연수 언니처럼 피해자들을 도와주려고 한 거예요."

유혜린은 할 말을 하고 아이스크림을 먹는 두 사람을 바라봤다. 비행기에서 마이클에게 청혼을 받은 이후, 삶에는 한 조각의 그림자도 드리워지지 않았다. 사람을 녹초로 만드는 비행 스케줄도 없었고, 어머니의 죽음 이후에 겪은 외로움도 사라졌다. 태어나서 처음으로 돈 걱정 없이 넓은 집에서 가정부와 운전기사를 데리고 있었다. 76층의 발코니에 서서 내려다보면 세상은 아주 작게 보였다. 그리고 주변의 삶은 더없이 크고 편안하게 느껴졌다. 풍족한 돈이 인생의 전부는 아니겠지만 아주 많은 부분을 편하고 행복하게 만들어준다는 것을 몇 년간 뼈저리게 느꼈다. 그런데 그런 자신의 삶을 누군가가 파괴하려고 들었다. 만약, 두 사람에게 전화가 오지 않았거나, 왔을 때 받지 않았다면 지금쯤 병원 영안실에 누워 있었을지 모른다는 사실에 온몸에 소름이 돋았다.

가까스로 정신을 차린 유혜린이 두 사람에게 말했다. "도와줘서 고마워요. 아까 전화하지 않았으면 지금쯤 살아 있지 못했을 거예요."

유혜린의 대답을 들은 강라혜가 스푼을 내려놨다.

"고마우면 우리를 고용해주세요."

"고용하라고요?"

"요즘 돈이 부족해서요. 사이버 장의사 일을 하면서 중간중간

벌긴 하는데 많이 부족해요. 돈이 부족해서 일을 하면 블레이드를 쫓을 수가 없거든요. 보니까 엄청 부자시던데."

"남편이 돈이 많은 거죠."

예상 밖의 제안에 잠깐 당황하긴 했지만 돈이 아주 없는 건 아니었다. 스튜어디스 시절 모은 돈은 고스란히 그녀의 통장에 남아 있었고, 심지어 남편의 조언을 받고 투자한 주식이 올라가면서 적지 않은 이득을 안겨준 상황이었다. 무엇보다 누가 자신의 삶에 위협을 가하려 하는지 궁금했다.

"좋아요. 얼마면 되죠?"

강라혜가 잠깐 생각을 하다가 입을 열었다.

"한 달에 100만 원이요. 각각."

"그럼 200만 원이네요."

"네, 석 달 정도면 우리도 숨통이 트일 거 같아요."

"계좌 번호 알려주시면 석 달 치 금액을 먼저 입금해드릴게요."

유혜린의 대답을 들은 허연수가 팔꿈치로 강라혜를 가볍게 툭 쳤다.

"거봐, 내 생각이 맞잖아."

"내가 먼저 생각한 거거든."

티격태격하는 둘을 보면서 유혜린은 아랫입술을 조심스럽게 깨물었다.

'대체 누가 나의 삶을 파괴하려고 드는 걸까?'

그리고 남성신의 죽음도 궁금해졌다. 정황상 누군가 가짜로 유서를 만들어놓고 죽인 게 분명해졌기 때문이다. 인도에서 절벽에서 떨어진 남성신의 모습을 잠깐 떠올린 유혜린은 작게 한숨을 쉬었다. 그리고 여전히 옥신각신하는 두 사람을 바라봤다.

"죽은 남성신 씨에 대해서 알아볼 수 있어요?"

두 사람은 유치한 몸싸움을 멈추었고, 그중 허연수가 말했다.

"우리가 찾는 건 이메일이나 SNS 같은 거예요. 물론, 그걸로도 그 사람을 파악하기에는 충분하지만요."

"그걸로 충분해요. 그리고 궁금한 게 있어요."

허연수가 말해보라는 눈빛을 던졌다.

"내 가짜 유서를 의뢰한 쪽이 남성신의 유서를 조작해달라는 사람과 동일 인물인가요?"

잠시 생각하던 허연수가 고개를 저었다.

"같은 사람은 아니었던 거 같아요. 지불된 가상 화폐가 달랐거든요. 하지만." 잠깐 뜸을 들인 허연수가 덧붙였다. "소개를 해줬을지 몰라요."

"그러면 둘은 아주 가까운 사이일 수 있겠네요?"

"아마도요. 살인 교사도 형량이 꽤 높은 편이거든요."

유혜린은 남성신을 죽인 누군가가 자신을 죽이려고 했던 정체불명의 존재에게 귓속말을 하는 모습을 상상해봤다. 그 모습을 본 강라혜가 조심스럽게 입을 열었다.

"그게 미치는 거거든요."

"뭐가요?"

"누구인지는 모르지만 가까운 사람이 내 뒤통수를 치는 꼴이라서요. 아마, 가까이 있는 사람일 거예요. 어쩌면 매일 마주치는 사람일지도 모르고요. 그런 사람이 나를 죽이고 자살로 위장하기 위해 해커를 고용해서 내 태블릿에 가짜 유서를 집어넣은 거죠. 연수 언니도 가깝다고 생각한 대학 동창이 딥페이크를 만들어서 유포한 거였어요. 그래서 자살까지 했는데 판결은 개떡같이 나왔죠. 그래서 연수가 어떻게 했는지 아세요?"

시선은 자연스럽게 허연수에게 향했다. 허연수가 어깨를 한번 으쓱거리고는 대답했다.

"그놈 계좌를 해킹하고, 보이스 피싱과 연관이 있는 것처럼 꾸몄어요. 그리고 컴퓨터에 해킹 프로그램을 심어서 그놈이 했던 짓을 주변 인물들에게 메일로 보냈죠. 결국, 밥줄 다 끊기고 지금은 어딘가에서 막노동 같은 걸 하고 있을 거예요. 멍청하게 자기가 해킹당했다는 건 몰라서 자리를 잡을 만하면 또 주변에 이메일을 보내고 있어요. 작년에는 물류센터 과장까지 승진했다가 잘렸죠. 그런데 복수는 덧없는 거죠. 아무리 해도 만족스럽지가 않거든요. 그 어떤 고통도 죽음과는 비교할 수가 없으니까요."

대답을 들은 유혜린이 말했다. "저도 같은 생각이에요. 그리고 저는 복수해줄 가족도 없어요. 아무튼 알아낸 건 아무리 사소한 것이라도 좋으니까 저한테 알려주세요. 제 연락처는…….”

“알고 있어요.”

딱 잘라 말한 강라혜가 허연수를 바라봤다.

“아이스크림 좀 포장해갈까?”

“가격표 보니까 비싸던데. 아껴 써야 해. 우리.”

둘의 입씨름을 지켜보던 유혜린이 포장해주겠다며 자리에서 먼저 일어났다.

과거

새로운 삶

한정숙은 일주일 후에 병원에서 퇴원했다. 그사이, 송미애가 한 번 더 쳐들어왔지만 병원의 청원 경찰이 몰아냈다. 남편과 아들의 사망진단서가 나오고 보험 회사에서도 한 번 찾아왔다. 양복 차림의 보험사 직원은 보험금 지급에 시간이 좀 걸릴 거라는 얘기를 했다. 한정숙은 관심 없다는 표정으로 알겠다고 했지만 언제 받을 수 있느냐는 질문을 참느라 정말 애를 써야만 했다.

택시를 타고 아파트 단지 입구에 내린 한정숙은 택시비를 내고 차에서 내렸다. 아파트 입구 옆에 리어카를 가져다놓고 테이프를 팔던 아저씨가 그녀를 쓱 쳐다봤다. 리어카에 달린 라디오에서는 HOT의 신나는 노래가 흘러나오는 중이었다. 힘없이 걸어 들어가는데 아파트 상가에서 김미형이 뛰쳐나왔다. 한 손에 목욕 바구니를 들고 있는 걸로 봐서는 지하에 있는 목욕탕에 갔다 온 것 같았다. 다른 손으로 한정숙의 팔을 잡은 그녀가 소리쳤다.

"야! 정숙아!"

그런 김미형을 본 한정숙이 입을 삐죽거렸다.

"얻다 대고 이름을 크게 불러. 면회도 안 왔으면서."

"바빠서 그랬지. 그리고 너 나한테 고마워해야 해."

"뭘, 고마워해야 하는데?"

주변을 살핀 김미형이 한정숙을 데리고 상가 옆 미스터피자 앞으로 그녀를 데리고 갔다.

"어제, 너희 시어머니랑 시누이가 여기 왔었어."

"우리 집에?"

"어, 열쇠 아저씨를 불러서 문을 열려고 했나 봐. 내가 그걸 보고 잽싸게 관리사무소에 전화를 걸었지. 그래서 소장이 뛰쳐 올라가서 안 된다고 말렸어."

"그랬더니?"

"네 이름 부르면서 남편 잡아먹은 년이라고 엄청 욕했어."

"아, 진짜."

한정숙은 짜증이 치밀었다. 원래부터 사이가 안 좋았지만 송창래가 죽은 이후, 시어머니와 시누이는 혼자만 살아서 돌아왔다고 틈만 나면 한정숙을 욕했다. 너무나 자연스러운 반응이었지만, 이미 인연이 끊어졌다고 생각했는데 이렇게까지 집착할 줄은 몰랐다. 한숨을 쉬는데 김미형이 더 놀라운 사실을 전해줬다.

"그리고, 며칠 전에는 형사가 왔다 갔었어."

"형사?"

"그, 파마머리에 청재킷을 입었는데."

얘기를 듣자마자 누군지 알아차렸다.

"그때 병실에 왔던 젊은 형사네."

한정숙의 중얼거림을 들은 김미형이 손바닥으로 주변을 훑는 시늉을 했다.

"그 형사가 이 동네 싹 훑었다니까."

"어떻게?"

"여기 다 돌아다니면서 너랑 남편이 어떤 관계인지, 캐묻고 다녔어. 미용실에도 들렀다고 하더라고."

"뭘 물어봤다고?"

"둘 사이가 어떤지, 그리고 네가 뭘 하고 다녔는지 말이야."

김미형의 이야기를 들은 한정숙은 가슴이 철렁 내려앉았다. 하지만 곧 침착해졌다. 그녀가 사는 아파트 사람들은 아는 게 별로 없었기 때문이다. 만약, 수영 강사를 쫓아다녔다는 걸 알아냈다고 해도 그것과 살인의 연관성을 알아내기란 쉽지 않을 것이다. 그 와중에 김미형이 안심이 되는 얘기를 했다.

"그런데 그 형사 완전 허당이더라."

"왜?"

"이 아파트 사람들이 널 얼마나 알겠어. 세탁소랑 아파트 상가 쪽만 돌아본 모양이야."

"그렇긴 하지. 세탁소도 발 끊었잖아."

자칭 남편의 술친구인 세탁소 김씨 아저씨는 작년에 한정숙이 아끼는 블라우스를 망쳐놓고도 미안하다는 사과도 제대로 하지 않고 넘어갔다. 그 이후, 한 번도 들르지 않았던 곳이라 그 사람이 한정숙에 대해서 얘기할 만한 건 별로 없었다. 속으로 이제 진짜 조심해야겠다고 생각하고 있는데 김미형이 어깨에 손을 올리며 말했다.

"오랜만에 페리카나에서 양념치킨 먹을래?"

"됐어. 나대지 말고 조용히 지낼 거야."

"그럼 포장해서 집에 가져갈게. 이제 아무도 없잖아."

은근히 웃는 그녀를 보면서 한정숙은 울어야 할지 웃어야 할지 몰랐다. 일단 헤어지고 나서 아파트로 올라간 한정숙은 오랜만에 집 앞에 섰다. 열흘 가까이 비운 탓인지 문에는 음식점 광고 전단지들이 다닥다닥 붙어 있었다. 눈에 띄는 몇 개를 떼어내고 안으로 들어간 한정숙은 오랫동안 비운 집을 물끄러미 바라봤다. 항상 부엌의 식탁에 앉아서 소주를 마시던 남편과 방에 처박혀서 코빼기도 안 보이는 밉살스러운 의붓아들은 이제 더 이상 없었다. 어떤 감정을 가져야 할지 생각하던 그녀는 피식 웃었다.

"일단 한숨 자고 생각하지 뭐."

안방으로 들어가려는데 현관문을 거칠게 두들기는 소리가 들렸다. 거친 정도가 아니라 망치 같은 걸로 문을 부수는 듯한 소리였다. 놀란 그녀가 현관문을 바라보는데 시어머니의 목소리가 들려왔다.

"남편 잡아먹은 년이 어디라고 여길 기어들어와! 어서 빨리 안 나와?"

뒤이어 시누이의 앙칼진 목소리도 들려왔다. "어디 두꺼운 낯짝 좀 보자. 우리 오빠 죽게 만들고 너는 두 다리 뻗고 잘 잤냐?"

둘이 번갈아가면서 욕설을 하는 걸 들으면서 한정숙은 오히려 편안함을 느꼈다. 소파에 앉아서 문밖의 소리를 듣는데 잠시 후에 관리사무소에서 온 직원들이 두 사람을 끌어냈다. 발악을 하는 두 사람의 목소리가 멀어지는 걸 보면서 한정숙은 TV를 켰다. 마침 종종 보던 시트콤인 〈LA 아리랑〉 재방송을 하는 중이었다.

며칠 동안 살얼음판 같은 분위기가 이어졌다. 다행히, 시어머니와 시누이는 다시 쳐들어오지는 않았다. 관리소장이 자기가 잘 처리했다며 으쓱해하면서 은근히 뭔가를 요구해서 박카스 한 박스와 돈이 든 봉투를 건넸다. 수영장도 가지 않고, 남편 몰래 다녔던 카바레도 발길을 끊었다. 잘못 처신했다가 모든 게 수포로 돌아갈 수 있었기 때문이다. 가끔 김미형을 만나는 정도로 조용히 지내면서 보험금이 입금되기를 기다렸다. 어차피 집은 전세라 집주인에게 얘기해서 빼면 되기 때문에 잠자코 눈에 띄지 않게 지냈다. 그리고 한 달쯤 지났을 무렵, 드디어 기다리고 기다리던 연락을 받았다. 늦여름의 더위에 지친 표정의 우체국 직원이 건넨 편지 봉투에 보험 회사의 이름이 선명하게 찍혀 있던 것이다. 한정숙은 기뻐하며 편지 봉투에 입을 맞추고는 서둘러 뜯었다. 보험금을 지급할 테니까 회사를 방문해달라는 내용이었다. 한정숙은 입을 틀어막은 채 춤을 추면서 승리감을 만끽했다.

"이제 리셋이다! 리셋!"

한참 춤을 추고 기뻐하는데 거실에 있는 바텔 전화기가 요란하게 울렸다. 전화를 받자 김미형의 목소리가 들렸다.

"야! 내일 모래내나이트 갈래? 거기 성진우 오빠 나온대."

"오빠는 무슨, 나 내일 바빠."

"바쁘긴 뭐가 바빠, 두더지처럼 집에 콕 처박혀 있으면서."

"내가 지금 두더지 신세가 된 이유 몰라?"

"누가 또 찾아왔어? 오늘 왜 이렇게 짜증이야?"

김미형의 대꾸에 한정숙은 기다렸다는 듯 쏘아붙였다.

"짜증이 안 나게 생겼어? 내가 지금 어떤 상황인지 잘 알면서 나이트를 가자 그러면 어쩌자는 거야."

"조용히 갔다 오면 되지."

"야! 이 동네에 조용히라는 게 어디 있다고! 내일이면 미용실부터 소문 쫙 날 건데."

한 손에 보험사에서 보낸 편지를 쥔 한정숙이 고래고래 소리를 질렀다. 쌓였던 스트레스가 활화산처럼 터져나온 것이다. 김미형이 욕설을 퍼붓고는 전화를 끊어버리자 한정숙은 소파에 걸터앉으며 환호성을 질렀다.

"이제 모두 안녕이라고, 이놈의 지긋지긋한 변두리를 드디어 벗어나는 거야."

다음 날, 수수하게 차려입은 한정숙은 선글라스와 챙이 넓은 모자로 얼굴을 가리고 조심스럽게 밖으로 나갔다. 시어머니와 시누이가 항상 감시하고 있던 놀이터를 살펴봤다. 다행스럽게도 둘 다 보이지 않았고, 수상쩍은 사람도 보이지 않았다. 조심스럽게 현관문을 나온 한정숙은 엘리베이터 대신 계단을 이용해서 현관으로 나왔다. 그리고 항상 오가는 상가가 있는 정문 대신 쟈뎅커피가 새로 문을 연 후문으로 나갔다. 근처에서 지나가는 소나타 택시를 세운 한정숙은 보험 회사 이름을 얘기한 다음에 뒷좌석에 몸을 기댔다. 주사위 모양의 장신구가 백미러에 걸려서 흔들거리는 가운데 핸들을 잡은 운전기사가 라디오에서 나오는 주현미의 '신사동 그 사람'을 따라서 흥얼거렸다. 챙모자를 푹 눌러쓴 한정숙은 택시에서 내릴 때까지 아무 말도 하지 않았다. 명동에 있는 보험 회사는 높은 빌딩이었다. 올려다보기만 해도 현기증이 날 정도로 높았지만 한정숙은 심호흡을 하고 안으로 들어갔다. 빙글빙글 돌아가는 현관을 지나자 엄청 넓은 로비가 나왔다.

'차분하자. 한정숙. 조금이라도 이상하면 끝장이야.'

편지에 적힌 대로 10층으로 올라가기 위해 엘리베이터를 탄 한정숙에게 엘리베이터 안내양이 물었다.

"몇 층 가십니까?"

"10층이요."

긴장했는지 갈라진 목소리로 대꾸한 그녀는 초조하게 올라가는 숫자를 확인했다. 마침내 10층에 도착하자 문이 열리고 엘리베이터 안내양이 안녕히 가시라는 인사를 했다. 복도로 나온 그녀는 심호흡을 하고는 보험조사과라고 쓰인 사무실 앞에 섰다. 문을 두드린 다음에 안으로 들어가자 철제 책상과 캐비닛이 보였고, 도트 프린터가 돌아가는 소리가 들렸다. 삼보라는 마크가 붙은 컴퓨터들도 군데군데 보였다.

유니폼을 입은 직원이 그녀를 발견하고 상냥한 목소리로 물었다. "어떻게 오셨어요?"

한정숙은 편지를 보여주면서 대답했다. "최광준 과장님을 만나러 왔는데요."

"아, 한정숙 고객님이시군요. 이쪽으로 오세요. 회의실로 안내해드릴게요."

직원이 그녀를 회의실이라는 명패가 적힌 곳으로 안내했다. 의자에 앉아서 기다리는데 잠시 후에 회의실 문이 열리고 회색 더블 버튼 양복을 입고 뿔테 안경을 쓴 남자가 들어왔다. 옆구리에 낀 서류 파일을 책상에 놓은 그는 뒤따라 들어온 직원에게 커피를 부탁하고는 한정숙을 바라봤다.

"차는 뭘로 하시겠습니까?"

한정숙은 괜찮다는 말을 하며 고개를 저었다. 직원이 나가고 나서 그가 명함을 내밀었다.

"오랫동안 기다리게 해드려서 죄송합니다. 감사팀에서 계속 조사를 요청해서 말이죠."

"적은 금액은 아니니니까요. 저도 아직 얼떨떨해요."

그녀의 대답에 최광준 과장이 서류 파일을 펼쳤다.

"몇 가지 절차 때문에 담당 경찰관과 연락을 했고, 투서가 여러 건 들어와서 그것과 관련되어서도 처리하느라 시일이 소요되었습니다."

투서라는 말을 들은 한정숙은 저도 모르게 얼굴을 찡그렸다. 시어머니와 시누이의 밉살스러운 얼굴이 떠올랐기 때문이다. 하지만 대놓고 화를 낼 수는 없었기 때문에 며칠 동안 준비한 대로 필사의 연기를 펼쳤다. 손수건으로 얼굴을 가린 채 가느다란 목소리로 울었다. 어릴 때 엄마를 따라갔던 초상집에서 할머니들이 자주 우는 방식이었다. 한정숙이 계속 울자 커피를 가지고 들어왔던 직원도 조심스럽게 나갔고, 최광준 과장 역시 곤란한 표정으로 지켜봤다. 적당한 때에 울음을 그친 한정숙은 벌게진 눈을 깜빡거렸다.

"내가 보험을 든 것도 아니고, 갯벌에 나가자고 한 것도 아닌데, 남편이랑 아들을 잃은 것도 억울한데 다들 보험금 얘기만 하고 정말 내가 혀를 깨물고 죽든지 해야지."

"그 심정 잘 이해합니다. 저희도 다 확인한 사항인데 지급 금액이 워낙 커서 절차가 좀 지연되었습니다. 회사를 대표해서 사과드립니다. 편지에 적힌 대로 도장은 가져오셨나요?"

고개를 끄덕거린 그녀는 가짜로 울다 보니까 그동안 죽은 남편에게 겪은 구타와 모욕이 떠올라서 정말로 서러움이 북받쳐 올라 울게 되었다. 흐르는 눈물을 손수건으로 훔친 한정숙의 눈에 보험금 지급 약정서가 보였다. 거기에 찍힌 금액은 그녀의 눈물을 멈추게 하기에 충분했다. 최대한 티를 내지 않으려고 하는 한정숙에게 최광준 과장이 말했다.

"거래 은행이 있으시면 저희가 이체해드리겠습니다. 통장도 가져오셨죠?"

"네."

핸드백에서 비닐 커버에 들어 있는 통장과 도장을 조심스럽게 내밀었다. 통장을 펼쳐서 계좌번호를 확인한 그는 일어나서 밖으로 나갔다. 그리고 잠시 후 돌아와서 커피를 마셨다.

"주신 통장으로 이체해드리겠습니다. 잠시만 기다려주세요."

약 10분 정도였는데 그녀에게는 정말 긴 시간처럼 느껴졌다. 딱히 할 말도 없었고, 선불리 입을 열었다가 의심을 살까 두려웠기 때문이다. 문이 열리고 직원이 통장과 서류를 가져다주었다. 서류를 꼼꼼하게 살펴보던 최광준 과장은 뿔테 안경을 끌어올렸다.

"입금되었습니다. 이제 절차가 마무리되었습니다."

통장과 서류를 넘겨받은 그녀는 주섬주섬 핸드백에 챙겼다. 그러고는 한숨과 함께 일어났다.

따라 일어나서 문을 열어준 최광준 과장이 잘 가라는 말을 했다. 엘리베이터에서 내릴 때까지 혹시나 무슨 일이 생길까 걱정하던 그녀는 후문으로 조심스럽게 나왔다. 후문은 바로 명동과 이어졌다. 오가는 사람들이 많은 가운데 한정숙은 주변을 살펴보고는 정말 길게 한숨을 내쉬었다. 가지고 있던 모든 감정을 털어버리자 바람 빠진 웃음이 나왔다. 들키지 않으려고 최대한 손으로 얼굴을 가린 한정숙은 결국 미친 듯이 웃어젖히고 말았다. 일본인 관광객들이 깃발을 따라 걷다가 한정숙을 보고 수군거렸다. 웃음을 다 토해낸 한정숙은 허리를 펴고 몸을 세웠다. 그리고 명동을 가득 메운 군중들 사이로 걸어갔다. 머릿속으로 앞으로 어떻게 해야 할지 차분하게 정리했다.

"일단 변호사를 찾아가서 재산이랑 필요한 걸 정리하고, 서둘러 이사를 가야겠어."

가재도구들을 포기하는 한이 있어도 최대한 빨리, 그리고 조용하게 빠져나오기로 했다. 지지고 볶았던 친구 김미형과도 이제는 끝이었다.

"잘됐지. 속을 들들 볶아대는 게 어찌나 짜증나던지 원."

밉살스러운 시어머니와 시누이를 피해 멀리 떠날 생각이었다. 인생을 리셋하기로 한 결정이 드디어 현실로 이뤄진 것이다. 하지만 한편으로는 허망하기도 했다. 목표가 이뤄지고 원했던 돈도 손에 넣자 갑자기 삶의 목표가 사라졌기 때문이다.

"해외여행이나 갔다 올까?"

몇 달씩 해외에 나가서 살아보는 것도 나쁘지 않을 것 같다는 생각이 들자 명동을 거니는 외국인 관광객들이 갑자기 친근해 보였다. 억지로 웃은 한정숙은 핸드백을 둘러메고 천천히 걸어갔다. 보험금을 탄 이후의 계획은 다 있었다. 몽땅 버리고 떠날 생각이었다. 새로운 이름으로 새로운 삶을 살아갈 것이고, 거기에 필요한 돈이 있다는 사실에 그녀는 행복함이 깃든 미소를 지을 수 있었다. 심호흡을 한 그녀는 한정숙이라는 이름과 지금까지의 불행한 삶을 뒤로한 채 명동 거리의 관광객들 사이로 스며들려고 했다.

그때, 누군가 그녀의 어깨를 치고 지나갔다. 돌아보니 파마를 하고 붉은 립스틱을 바른 젊은 여성이었다. 한정숙이 바라보자 그녀는 부산 사투리로 미안하다고 하고는 허겁지겁 걸어갔다. 마음은 급해 보이는데 하이힐 때문에 빨리 걷지 못하는 것 같았다. 흥미를 느낀 한정숙은 그녀를 천천히 따라갔다. 명동의 노점상들 사이를 뚫고 그녀가 도착한 곳은 한빛은행으로 간판이 바뀐 상업은행 명동 지점이었다. 누군가를 기다리는 사람들이 많았는데 주변을 살피던 젊은 여성이 손을 번쩍 들었다.

"엄마!"

라면같이 구불구불하게 파마를 한 중년의 여성이 목소리를 듣고는 돌아섰다. 한눈에 보기에도 둘이 모녀라는 것을 알 수 있었다. 중년 여성에게 다가간 젊은 여성이 환하게 웃었다.

"엄마, 합격이야. 합격."

"진짜?"

"그럼, 전화로 몇 번이나 확인했어. 이제 나 한빛은행 직원이야."

한빛은행 간판을 올려다본 딸의 얘기를 들은 중년 여성이 박수를 치며 기뻐했다.

"어이구, 우리 딸 고생 많았어. 엄마가 해준 것도 없는데, 자기가 돈 벌어서 학원 다니고 합격했네."

"그런데 부산 지점에서 일하게 될 것 같아. 그 전에 잠시 영등포점에서 근무하기로 했고."

좀 떨어진 곳에 선 한정숙은 모녀의 대화를 엿들으며 어떤 상황인지 대략 눈치챘다. 부산에서 살다가 남편을 잃고 서울로 올라온 어머니가 어렵게 딸을 키웠고, 그렇게 큰 딸이 한빛은행에 합격한 것이다. 그리고 부산 지점으로 발령을 받아서 이제 고향으로 돌아갈 수 있게 된 것이다. 너무나 행복해하는 두 사람을 보면서 한정숙은 질투를 느꼈다. 자신은 남편과 의붓아들을 죽이고, 어렵게 새로운 삶을 얻었는데 두 사람은 너무나 쉽게 그걸 얻은 것 같아서였다. 지켜보던 한정숙에게 딸의 목소리가 들렸다.

"엄마, 오늘 빕스 가자."

"거기 너무 비싼 데 아니니?"

엄마의 말에 딸이 팔을 잡아끌면서 대답했다.

"괜찮아. 오늘 같은 날 안 먹으면 언제 먹겠어."

"그렇긴 하지."

모녀는 테이프를 파는 길거리 노점상 옆을 지나 명동성당 쪽으로 향했다. 한정숙은 핸드백을 고쳐 메면서 중얼거렸다.

"부산으로 가볼까?"

두 사람에게 자신이 겪었던 고통을 안겨주고 행복한 삶을 파괴해버리고 싶다는 새로운 목표가 생긴 한정숙은 두 사람을 따라 천천히 걸어갔다.

현재

그녀의 과거

유혜린은 블라인드를 올린 거실의 창문 앞에서 천천히 요가를 하는 중이었다. 요가학원에 나가지 않기로 한 다음부터 인도에서 배운 요가를 혼자서 했다. 요가학원 원장의 전화는 받지 않고 톡에는 아파서 못 나간다고 둘러댄 상태였다. 요가를 마친 그녀는 숨을 몰아쉬면서 수건으로 목에 난 땀을 닦았다. 그리고 테이블에 놓아둔 휴대폰을 집었다. 강라혜와 허연수에게 연락이 왔는지도 궁금했고, 입주민들의 단톡방도 계속 살펴봐야 했다. 요즘 입주민 단톡방의 화재는 단연코 놀이터의 까만 마스크 귀신이었다. 처음에는 아이들의 장난인 줄 알았는데 목격자들이 계속 늘어나고 있었다. 그래서 항상 아이들로 시끌벅적하던 놀이터는 이제 텅 비어 버렸다. 입주민 커뮤니티에서는 경비팀을 비난하는 목소리가 커졌다. 경비팀을 책임지는 오 팀장이 조사 중이니 잠시만 기다려달라는 글을 올렸지만 언제까지 조사할 것이냐고 비아냥거리는 댓글들만 올라왔다. 거기다 유혜린이 화분에 맞을 뻔한 사건 역시 간간이 얘기가 나오는 중이었다. 유혜린 역시 궁금해서 오 팀장에게 몇 번이고 연락해봤지만 CCTV가 없어서 확인이 불가능하다는 무성의한 답변만 돌아올 뿐이었다. 살짝 마음이 상한 유혜린은 정수기에서 물을 따라 한 잔 마시고는 오 팀장에게 관리실을 방문하고 싶다는 문자를 보냈다. 30분 후에 경비실로 오라는 답장을 본 유혜린은 서둘러 샤워실로 향했다.

샤워를 마치고 옷을 입은 유혜린은 엘리베이터를 타고 내려갔다. 경비실은 1층 로비 옆에 있었다. 안면이 있던 경비원이 인사를 했다.

"안에서 기다리고 계십니다."

고맙다는 말을 남긴 유혜린은 안으로 들어갔다. 경비실 안쪽으로는 몇 개의 파티션이 구획을 나누고 있었고, 제일 안쪽에 책임자인 오 팀장의 자리가 있었다. 교대 근무에 나서기 전 무전기를 체크하는 경비원들을 지나자 오 팀장이 보였다. 휴대폰을 들여다보던 오 팀장은 유혜린을 보고 인사하면서 자리를 권했다. 입구 옆에는 컴퓨터를 들여다보는 안경 쓴 직원이 있었다. 옆자리에 앉은 유혜린에게 오 팀장이 미안하다는 표정을 지었다.

"안 그래도 CCTV 관제실에 몇 번 얘기를 했습니다만 거기에는 설치가 되어 있지 않아서 어쩔 수 없다는 얘기만 하더라고요."

"그건 저도 알고 있는데요."

그때의 공포가 떠오른 유혜린은 잠시 숨을 내쉬면서 진정한 다음에 말을 이어갔다.

"화분이 떨어진 공중 복도는 상가와 아파트로만 들어갈 수 있잖아요. 양쪽 CCTV에 그 시간대 오가던 사람들을 확인하면 용의자를 추릴 수 있지 않을까요?"

"그렇긴 한데 오가던 사람들이 많아서."

얼굴을 찡그린 오 팀장의 대답에 유혜린이 따지듯 물었다.

"그 화분이 애들이나 노인이 밀 수는 없는 거잖아요. 그리고 떨어진 위치가 아파트랑 멀고 상가 입구랑 가까웠잖아요. 훨씬 줄일 수 있을 거 같은데요?"

유혜린의 얘기를 듣던 오 팀장은 부하들이 순찰을 나가겠다고 하자 잘 다녀오라고 웃으며 손을 흔들었다. 그들이 나가고 나자 오 팀장이 다시 유혜린을 바라봤다.

"저도 그 생각에 동의합니다만 문제가 좀 있습니다."

"무슨 문제요?"

"일단 법적인 문제인데요. 우리가 경찰이 아닌 이상 CCTV를 들여다보면서 용의자를 찾는 게 문제가 될 수 있다는 게 회사 법무팀 의견입니다. 그리고 내부 반발도 좀 있고요."

"누가 반발하는 거죠?"

"그린우드는 층별로 평수가 달라서 입주민들끼리도 서로 나뉘어서 어울리고 있습니다. 잘 아시죠?"

유혜린은 대답 대신 고개를 끄덕거렸다. 오 팀장의 얘기가 사실이었기 때문이다. 30층까지는 저층으로 분류가 되는데 50평 정도 되었다. 31층부터 55층까지는 중층으로 90평 정도 되었다. 유혜린이 속한 고층은 56층부터 76층까지였는데 130평 정도 되었다. 위로 올라갈수록 전망과 평수 때문에 가격이 많이 차이가 났다. 그러면서 눈에 보이지 않는 경계선이 명확하게 그어졌다. 출입과 엘리베이터를 탈 때 쓰는 출입 카드의 색깔이 다른 것부터 서로 미묘하게 구분되었다. 유혜린은 그런 일에는 무관심했지만 다른 입주민들은 철저하고 명확하게 구분했다. 당장 유혜린이 속한 입주민 단톡방 역시 56층부터 들어올 수 있었다. 이런저런 생각을 하고 있던 유혜린에게 오 팀장이 말했다.

"저층과 중층 입주민 커뮤니티에서는 이번 사건을 조사한다고 CCTV를 확인하는 것에 대해서 거부감을 드러내고 있습니다. 상가 입주자들도 손님들이 오지 않을 수 있다는 이유로 반대하고 있는 중이고요."

이해가 가지는 않았지만 충분히 생각할 수 있는 부분이었다. 이제야 오 팀장이 미적거린 이유를 알게 된 유혜린은 머리가 아팠다. 얼굴을 찡그린 유혜린은 두 번째 궁금증에 대해서 물었다.

"놀이터에 나타난다는 까만 마스크 귀신은요?"

"그것도 골치 아파 죽겠습니다."

"전혀 단서가 없나요? 놀이터랑 주변에 CCTV가 한두 개가 아니잖아요."

"정말 귀신처럼 사각지대로 나타났다가 거기로 사라집니다. 정말 귀신인 거 같아요."

한숨을 쉰 오 팀장이 맞은편 벽에 붙은 모니터들을 쳐다봤다. 그러고는 뭔가 조작하기 위해 패널에 손가락을 댔다가 얼굴을 찡그렸다. 그러자 슬쩍 눈치를 보고 있던 입구 쪽의 직원이 일어나서 다가왔다. 그리고 옆에 앉아서 키보드를 눌러 패스워드를 입력하는 게 보였다. 유혜린에게 컴맹이라는 사실을 들킨 오 팀장이 겸연쩍은 표정을 지으며 말을 이어갔다.

"누군가 핼러윈 때 사용한 걸 가지고 장난질을 치는 모양입니다. 요리조리 피해가는 걸 보면 입주민이나 오랫동안 이곳에서 장사를 한 사람이 분명해요. 진짜 걸리면……."

입주민인 그녀 앞이라 심한 얘기는 못 했지만 속마음이 어떨지는 어렵지 않게 짐작할 수 있었다. 결국 원하는 대답을 듣지 못한 그녀는 기운이 없는 목소리로 수고하라는 말을 남기고 일어날 수밖에 없었다.

그냥 집으로 돌아가기에는 너무 힘이 빠질 거 같아서 사건이 벌어진 곳으로 다시 가보기로 했다. 현장에 모든 답이 있다는 수사 드라마에서 본 내용이 떠오른 것도 그곳으로 발걸음을 가게 하는 데 한몫했다. 떨어진 화분에 유혜린이 맞을 뻔했던 공중 복도 아래 공간은 말끔하게 치워져 있었다. 화분이 떨어진 장소에 가봤지만 바닥의 타일을 교체하면서 색깔이 살짝 어색한 걸 빼고는 아무 흔적도 남아 있지 않았다. 공중 복도의 좌우에 놓여 있던 대형 화분들도 모두 치워진 상태였다.

"아무것도 안 남았네."

텅 빈 공간에 홀로 서 있던 그녀에게 누군가 다가왔다. 바닥을 울리는 발소리를 듣고 얼핏 쳐다본 유혜린은 그녀가 얼마 전에 아파트 출입구에서 기자라며 난동을 부린 송미애라는 사실을 알아차렸다. 선명한 탈색 머리가 태양에 그대로 노출되면서 더 샛노랗게 보였다. 유혜린이 옆으로 멀찌감치 돌아서 가려고 하자 선글라스를 낀 송미애가 헛기침을 크게 해서 존재감을 드러냈다. 그리고 무심코 돌아본 유혜린에게 물었다.

"오랜만이에요."

유혜린의 대답을 듣기도 전에 그녀가 높이 치솟은 아파트를 올려다봤다. 그냥 무시하고 가려고 하던 유혜린에게 송미애가 말했다.

"죽은 남성신 씨요." 선글라스를 벗은 그녀가 덧붙였다. "제 올케라고 말씀드렸었죠."

호기심을 느낀 유혜린이 멈춰 서서 그녀를 바라봤다. 궁금했던 남성신의 과거가 마치 산들바람처럼 훅 다가온 것이다. 지난번의 불쾌한 기억이 떠올랐지만 궁금함이 불쾌함을 이겨냈다. 유혜린이 멍하게 바라보자 그녀가 다가오며 말했다.

"제 오빠 송창래의 아내가 한정숙이라고 한 거 기억나세요?"

"기억나요."

"네, 법원에 개명 신청을 하고 숨어버리는 바람에 찾는 데 꽤 시간이 많이 소요되었죠."

"그렇군요. 그런데 그걸 왜 저한테 얘기하시는 거죠?"

"그동안 조사를 해봤는데 사람들 얘기가." 다시 한번 아파트를 올려다본 그녀가 덧붙였다. "죽은 올케가 당신한테 관심이 많았다고 하더라고요. 참, 제 이름은 송미애예요. 지금은 미래 법률 신문이라는 작은 언론사에서 일하죠."

"월령일보 아니었나요?"

"그건 망해버렸어요. 이 정도면 저랑 얘기를 나누고 싶은 생각이 들지 않으세요?"

내키지는 않았지만 어쩌면 남성신에 대한 궁금증을 풀 수 있을지 모른다는 생각에 유혜린은 자신도 모르게 고개를 끄덕거렸다.

"저쪽 상가 지하에 아이스크림 가게가 있어요."

송미애가 앞장서라는 듯 고개를 끄덕거리고는 선글라스를 도로 썼다.

지난번에 강라혜와 허연수를 만난 그 자리에서 유혜린은 맞은 편에 앉은 송미애를 자세히 살펴봤다. 스튜어디스라는 직업은 사실 관찰자에 가까웠다. 비행기에 타는 무수히 많은 승객과 일일이 눈을 맞춰서 인사를 해야 하고, 그들의 행동을 지켜봐야 했다. 그러다 보면 승객들의 다음 행동이 예측될 때가 많았다. 유혜린이 관찰한 송미애는 일상이 된 분노가 읽히는 사람이었다. 사장이 호들갑을 떨면서 아이스크림을 가져다주고 물러나자 송미애가 입을 열었다.

"벌써 20년이 넘었네요. 그 여자가 우리 오빠랑 조카를 죽이고 도망쳐다닌게요."

"남성신 씨가 살인자인가요?"

"살인자나 다름없죠."

메고 있다가 옆자리에 놓은 가방에서 태블릿을 꺼낸 송미애가 화면을 켜서 유혜린이 있는 곳으로 밀었다. 화면에는 오래전 신문을 스캔한 게 보였다. 눈으로 읽고 있던 유혜린에게 송미애가 말했다.

"그 여자가 우리 오빠랑 조카를 갯벌로 유인한 다음에 자기만 빠져나왔어요. 그러고는 가증스럽게도 유가족 행세를 했죠."

예전에 들었던 얘기라서 유혜린은 조심스럽게 반문했다. 지난번에 듣긴 했지만 흥분한 송미애가 중구난방으로 떠드는 바람에 정리가 안 된 것도 있었다.

"신문에는 그냥 사고라고만 나오던데요?"

유혜린의 물음에 송미애가 코웃음을 쳤다.

"다들 그렇게 믿어요. 요즘 같으면 CCTV나 블랙박스 같은 게 있어서 금방 거짓말인 걸 확인할 수 있지만 그때는 그런 게 없었거든요. 그렇게 우리 오빠를 감쪽같이 죽이고 사망 보험금을 타서 자취를 감췄어요. 우리를 피해서요. 다음 화면이요."

시키는 대로 다음 화면으로 넘기자 보험 서류들을 어지럽게 늘어놓고 찍은 사진이 보였다.

"사망 보험금으로 무려 4억이나 탔어요. 25년 전이니까 지금으로 치면 10억은 가뿐하게 넘을 거예요."

서류들을 보던 유혜린이 물었다. "이상하네요."

"뭐가요?"

"경찰은 몰라도 보험사는 조금이라도 이상하면 조사를 하고 보험료 지급을 하지 않아요. 그런데 이 많은 금액을 줬다는 건 거기도 살인이라고 보지 않은 거 같은데요?"

유혜린의 날카로운 질문에 송미애는 땅이 꺼져라 한숨을 내쉬었다.

"그런 얘기를 들은 적이 있어요."

"어떤 얘기요?"

"너무 억울해 미칠 것 같아서 소송을 냈는데 법원에 가니까 내 편은 내 돈 주고 고용한 변호사밖에 없다는 얘기요."

"누구나 겪는 일이죠. 내 사정과 남의 사정이 다른 법이니까요."

"맞아요. 그래서 더 미치겠어요. 새언니를 질투하는 거 아니냐는 말부터, 진즉에 잘 좀 하지 그랬냐는 말까지 별의별 얘기를 다 들었어요. 하지만 우리 오빠랑 조카를 죽이고 도망친 한정숙은 진짜 나쁜 여자가 맞아요."

"일단 오빠랑 조카분의 죽음은 사고 같은데요? 갯벌에 고립되었다가 올케만 겨우 탈출한 거잖아요."

"물론 사고로 보이죠. 하지만 그 여자는 오랫동안 동네 수영장에서 수영을 배웠어요. 준비한 게 분명하다고요."

"부부 사이는 좋았나요?"

그녀의 돌발적인 질문에 송미애는 머뭇거리다가 대꾸했다.

"오빠가 좋은 사람이긴 한데 술만 마시면 손찌검을 했어요."

"좋은 사람은 술을 마셔도 좋은 사람이에요. 그럼 먼저 일어날게요."

유혜린이 일어나려고 하자 송미애가 황급히 말했다.

"알았어요. 사실대로 말할게요. 오빠가 새언니를 때리는 데다 의처증까지 있었어요. 그리고 경찰 조사에서도 사고로 판정이 났고, 보험 회사에서도 우리가 주지 말라고 했지만 보험금을 지급했죠. 우리가 쫓아다니니까 한정숙이 접근 금지 신청을 했고, 접근하지 말라는 판결도 받았어요."

그녀의 얘기를 듣던 유혜린은 미래부동산 사장에게 들은 얘기를 떠올렸다. 과거가 자기를 쫓아오는 게 싫다면서 조용히 이사 오고 남의 눈에 띄지 않으려고 했던 남성신의 행동이 이해가 간 것이었다. 듣고 있던 유혜린에게 송미애가 계속 말했다.

"그 여자가 보험금 타고, 집을 팔아버린 다음에 종적을 감췄어요. 저랑 어머니는 몇 년 동안 행방을 쫓았죠. 그러다가 다른 이름으로 부산에서 살고 있는 걸 알았어요. 거기서 부동산을 사고팔면서 지냈더라고요. 그리고 우리가 쫓고 있는 걸 아니까 다시 사라졌고요. 그러다가 작년에 여기 그린우드에 입주한 걸 찾아냈어요. 여긴 외부인이 들어올 수 없어서 선택한 것 같더라고요. 그런데 한정숙 스타일은 아니었어요."

"스타일이 아니라고요?"

유혜린의 물음에 송미애는 어깨를 으쓱거렸다.

"그 여자는 언제든 자취를 감출 수 있는 준비를 했어요. 제가 쫓아다니는 것도 알고 있었고, 또 다른 이유도 있었죠. 그래서 조용히 자취를 감추고 살던 집에 들어가면 아무것도 없었어요."

"아무것도 없었다고요?"

유혜린의 반문에 송미애가 고개를 끄덕거렸다.

"그런 숨바꼭질을 20년 넘게 하면서 뭘 봤는지 아세요?"

송미애가 태블릿의 화면을 넘겨보라는 손짓을 했다. 시키는 대로 하자 손으로 쓴 사람들의 이름과 사망증명서 같은 것들이 보였다.

"주변 사람들이 죽어 나갔어요."

"그게 무슨 소리죠?"

"부산에서 그 여자의 지인들 중 두 명이 죽었어요. 교통사고랑 자살로요. 그다음에 우리가 찾아낸 건 인천이었는데 거기서도 친구였던 한 사람이 약물 과다복용으로 사망했고요. 천안에서는 그 여자와 가까운 쌍둥이 엄마가 자식들을 죽이고 체포된 사례가 있었죠. 하나같이 그 여자랑 죽고 못 사는 사이였다고 했어요. 심지어 천안에서는 장례식장에 찾아왔다고 하더라고요."

"무슨 얘긴지 이해가 가지 않는데요."

"일종의 가스라이팅을 해서 지인들을 죽인 거예요. 그것도 여러 명이요."

무시무시한 얘기를 듣는 순간, 유혜린은 죽은 남성신이 자신에게 접근하기 위해 애를 썼던 사실을 떠올렸다. 그런 유혜린의 표정을 읽은 송미애가 가볍게 웃었다.

"당신이 다음 목표였군요."

"제가요?"

"네, 그 여자는 행복해 보이는 사람들을 타깃으로 삼아서 접근한 다음에 파멸시켰어요. 아주 조용히, 끈질기게요."

"무슨 이유로요?"

유혜린의 물음에 송미애가 대답했다.

"아마도, 자기보다 행복한 사람을 보면 못 견딘 거 같아요. 죽이고 싶을 만큼."

죽이고 싶을 만큼이라는 대답에 깊은 여운을 느낀 유혜린이 재차 물었다.

"아무 대가도 없이요?"

"그 여자는 재산 불리는 데 능력이 있었나 봐요. 땅이랑 빌딩들을 매입했다가 다시 팔면서 재산이 몇십 억 대로 불어났어요. 여기 들어올 수 있을 정도로요."

"저를 타깃으로 여기 들어왔다는 뜻인가요?"

"다들 안 믿겠지만 저는 그렇게 믿고 있어요. 끔찍할 정도로 집요했으니까요. 아마 머릿속에는 어떤 식으로 파멸시킬지 계획도 다 세워놨을 거예요. 천안에서 거의 다 잡을 뻔했는데 놓치고 말았어요. 그 여자도 위기감을 느꼈는지 사람을 사서 나를 차로 치려고 했어요. 그런데 밤중이라 실수로 우리 엄마를 치고 말았죠."

잠깐 소름이 돋았던 그녀는 아무렇지도 않게 무시무시한 말을 늘어놓은 송미애를 바라봤다. 상처 입은 과거로부터 뿜어져나오는 분노와 증오도 불편했지만 그것 말고도 이유를 알 수 없는 거부감이 유혜린을 당혹스럽게 만들었다.

유혜린은 차분하게 말했다. "어쨌든 그녀는 죽었어요."

"그걸 확인하는 중이었어요. 죽는 걸 직접 보셨나요?"

송미애의 물음에 그녀는 다시 인도에서의 그 시간으로 돌아갔다. 절벽에서 떨어진 걸 보긴 했지만 멀리 떨어져 있어서 남성신인지 아닌지는 알 수 없었다. 시신을 직접 보지 못했고, 시신이 담긴 관을 비행기에 싣고 돌아온 게 전부였다. 유혜린이 머뭇거리자 송미애가 얼굴을 쓰윽 들이밀었다.

"그 여자는 진짜 상상 이상으로 교활해요. 아마 내가 쫓아다니는 걸 아니까 행방을 감추려고 죽은 걸로 위장했을 수도 있어요."

송미애가 얼굴을 들이민 만큼 뒤로 몸을 뺀 유혜린이 대답했다.

"거기까지 가서요?"

"인도니까요. 우리나라에서는 죽음을 위장하는 게 불가능하지만 거긴 가능할 거예요. 시신을 직접 확인했나요?"

"지난번에도 말했지만, 저는 아니고 요가학원 원장이 확인했다고 했어요. 화장되는 것도 직접 참관했고요."

"제가 요가학원 원장도 만나서 물어봤는데 시신을 직접 본 건 아니라고 대답했어요. 의사 말이 높은 곳에서 떨어져 시신 상태가 워낙 처참하다고 해서 그냥 천으로 덮여 있는 시신을 보고 사망확인서에 서명한 게 전부라고요."

"그럼……."

"제가 알기로는 차문디 힐에서 추락했다고 들었어요. 유서는 아이패드에 적혀 있었고요."

"맞아요."

"그런데 시신은 그 누구도 제대로 확인하지 않았어요. 죽었다고는 하지만 죽었는지 안 죽었는지 세상 그 누구도 확신할 수 없는 상태로 말이죠."

자신을 가스라이팅하려고 했던 남성신의 죽음을 얘기하는 건 몹시 불편한 일이었다. 그런데 의문이 생기는 것도 사실이었다. 자신에게 의도적으로 접근하려고 했던 여인이 복잡한 과거를 가지고 있었고, 죽음을 당했는데 그것을 의심하는 사람이 나타난 것이다. 그런데 따지고 보면 그녀가 죽었는지 안 죽었는지 정확하게 알 수 있는 상황도 아니었다. 그런 유혜린에게 그녀가 말했다.

"인도에서는 시신을 바꿔치기 하는 것 정도는 돈으로 해결해준다 하더라고요."

속마음을 알아차렸는지 송미애의 설명은 꽤나 그럴듯했다.

뭔가 더 알아봐야겠다고 생각한 유혜린이 물었다. "그래서 나한테 원하는 게 뭐죠?"

"그 여자 집에 들어갈 수 있어요?"

"층이 다르면 거기에 내리지도 못해요. 거기다 비밀번호나 카드키도 없고요."

아랫입술을 깨문 송미애가 입을 열었다. "그럼 최선을 다해서 감시해주세요."

"감시요?"

"네, 자기 집이니까 그래도 오지 않겠어요? 갑자기 죽는 걸로 연출해서 챙기지 못한 게 많을 거예요."

"일단 지켜볼게요. 하지만 큰 기대는 하지 마세요. 저는 아직도 못 믿겠으니까요."

유혜린이 선을 긋는 말을 하자 송미애가 어깨를 으쓱거렸다.

"이해해요. 심지어 그 여자 때문에 자살한 유족들도 황당하다면서 믿지 않았으니까요. 나중에는 그 사실을 알고 분개했지만 이미 늦은 상태였죠. 그리고 저는 지금도 죽었다는 게 믿기지 않아요. 빠져나갈 궁리를 하다가 죽은 척한 게 틀림없어요."

사실과 희망 사이를 떠도는 송미애의 말에 유혜린은 아무런 대꾸도 할 수 없었다. 일단 알겠다고 얘기한 그녀는 서둘러 밖으로 나왔다. 여전히 답답함과 의문이 가시지 않았는데 더 큰 의문이 얹힌 것이다. 공중 복도가 만들어낸 그늘 옆으로 걷던 유혜린에게 전화가 왔다. 지난번에 자신을 위기에서 구해준 두 사람 중 하나인 허연수였다.

— 안녕하세요.

— 네, 두 분 잘 지내고 있어요?

— 그럭저럭이요. 돈을 받았으니까 중간중간 보고를 드려야 할 거 같아서요.

— 보고까지는 필요 없고 궁금하긴 했어요.

— 일단 블레이드라는 해커는 계속 추적 중인데 좀처럼 꼬리가 잡히지 않아요. 그리고…….

잠시 뜸을 들인 허연수가 말했다.

— 화분이 떨어진 사고가 났을 당시 CCTV는 지워졌어요.

— 지워졌다고요?

— 시간대를 보면 화분이 떨어지기 직전이랑 직후요. 다행히 백업 서버에 원본 영상이 남아 있었어요.

— 누구였어요? 화분을 떨어뜨린 게?

— 누구였는지는 모르겠어요. 아무튼 보셔야 할 것 같아서 방금 전송했어요. 그리고 그 외에도 지워진 영상들이 있어요.

— 어떤 영상들이요?

— 장소랑 시간대들이 다 뜬금없어요. 새벽에도 있고, 오후에도 있고요. 장소도 제각각이에요.

— 그렇게 마음대로 조작이 가능해요?

의아해하는 유혜린에게 허연수가 차분하게 설명해줬다.

— 처음에는 해킹해서 들어간 것 같아 흔적을 찾았는데 나오질 않더라고요. 그래서 백도어로 드나들면서 흔적을 남기지 않은 줄 알았죠. 이럴 정도의 실력자라면 한 놈밖에 안 떠올라요.

— 블레이드라는 해커 말씀이죠.

— 네, 그런데 알고 보니까.

허연수가 허탈한 웃음과 함께 덧붙였다.

— 그냥 경비실에서 지운 거였어요.

— 지웠다고요?

— 네, 내부에서 지워버렸어요. 그것도 모르고 해킹 루트만 엄청 찾아다녔잖아요.

정신을 차리지 못한 유혜린이 조심스럽게 되물었다.

— 그러니까 우리 아파트 경비실에서 알아서 지운 거라고요?

— 내부에서 지운 게 확실해요. 그런데 거기 서버에 들어가서 지운 사람이 누군인지 접속 로그인을 확인해봤는데 오명신 팀장의 아이디였어요.

— 오 팀장이요?

— 네, 경비팀 책임자요. 왜 그랬는지는 모르겠지만요. 일단 영상 한번 보시고 다시 톡이나 전화 주세요.

알겠다고 말한 다음 유혜린은 전송받은 영상을 봤다. 상가 쪽 CCTV가 유리창 너머의 공중 복도를 비추고 있었다. 그런데 거기서 누군가 화분을 아래쪽으로 미는 게 보였다. CCTV 위쪽에 찍힌 시간을 보니까 지난번에 유혜린이 화분에 맞을 뻔한 그때가 맞았다. 당시의 기억이 떠오른 유혜린이 눈살을 찌푸리면서 화분을 떨어뜨린 사람을 들여다봤다. 그런데 뭔가 이상했다.

"어?"

화면 속에서 화분을 밀고 있던 사람은 노란색 외투에 검은색 마스크와 선글라스를 쓰고 있어서 얼굴을 전혀 알아볼 수 없었다. 어차피 CCTV가 멀리 있었기 때문에 제대로 확인할 수 있을 것이라는 기대는 하지 않았다. 그런데 예상 밖의 해괴한 모습에 할 말을 잊었다. 그러다 놀이터에서 만난 예나와 브루노의 말이 떠올랐다.

"까만 마스크 귀신?"

최근 입주민들의 단톡방에서도 언급되고 있었는데 여기서 만날 줄은 몰랐다. 당황한 그녀는 곧바로 전화를 걸었다. 허연수가 기다렸다는 듯 전화를 받았다.

— 보셨어요?

— 네, 그런데 얼굴을 전혀 알아볼 수 없네요.

— 멀리 떨어져 있어서 식별하기 어렵긴 해요. 그래도 혹시나 알아보실까 봐 보내드렸어요.

— 요즘 아파트 단지에서 까만 마스크 귀신이 돌아다닌다고 했는데 비슷하게 생겼어요.

— 까만 마스크 귀신이요? 그런 귀신이 있나요?

허연수의 물음에 유혜린이 휴대폰을 바꿔 잡으며 대답했다.

— 요즘 우리 아파트에 나타나고 있대요.

— 까만 마스크 귀신이 화분을 밀어서 떨어뜨리려고 했다는 얘기네요. 블레이드에게 부탁해서 유서도 조작하고요?

— 그리고 그 영상은 우리 아파트 경비실에서 알아서 지웠고요. 뭐가 어떻게 돌아가는지 갈피를 못 잡겠어요.

유혜린의 하소연 아닌 하소연에 허연수가 화제를 바꿨다.

— 그리고 죽은 남성신이라는 사람이요. 과거가 굉장히 터무니없어요.

— 개명 신청을 했다는 건 들었어요.

— 원래 이름은 한정숙이고 남편과 아들이 사고로 죽고 보험금을 타서 그걸로 쭉 부동산 투기 같은 걸 했나 봐요. 그런데 주기적으로 주소지를 바꾸고 시댁 식구들에 대한 접근 금지 신청을 받아냈어요.

— 그쪽 사람들은 한정숙, 아니 남성신 씨가 남편과 아들을 살해하고 보험금을 타서 도망쳤다고 보고 있어요.

— 경찰이 조사를 한 기록이 있고 보험 회사에서도 조사원을 고용해서 조사한 거 같은데 혐의 없음으로 나왔어요. 그런데 이후에 여기저기 지내는 동안 주변 사람들이 자살하거나 사고사를 당해서 몇 번 조사를 받았던 모양이에요.

송미애에게 들은 것과 같은 맥락의 내용이 나오자 다소 맥이 풀리면서도 신경이 날카로워졌다. 한쪽에서는 남성신이 죽지 않았다고 했고, 다른 한쪽은 여전히 자신을 누가 죽이려고 했는지 이유를 알아내지 못하고 있는 것이다. 유혜린이 불편함이 담긴 침묵을 지키자 허연수가 다소 긴장한 목소리로 말했다.

— 라혜랑 생각을 해봤는데요. 함정을 파보면 어떨까요?
— 함정이요?
— 어, 그러니까.

허연수가 머뭇거리자 옆에서 듣고 있던 것 같은 강라혜가 끼어들었다.

— 블레이드는 어차피 다크 웹에서 의뢰를 받고 비트코인으로 비용을 받아요. 그 얘기는 누가 의뢰를 하는지 정확하게 모른다는 뜻이죠.
— 그래서요?
— 우리 쪽에서 의뢰인인 척하고 다시 의뢰를 하는 거죠.
— 가짜로 말이죠.

강라혜가 맞다고 얘기하자 유혜린은 궁금한 점을 물었다.

— 그치만 그쪽이 의뢰를 수락해도 원래 의뢰인이 누군지 알 수 없잖아요.

— 그걸 알 수 있도록 비트코인을 결제할 때 바이러스가 침투할 수 있게 만들 거예요. 그러면 처음 의뢰인이 누군지 확인할 수 있을 겁니다. 그리고 남성신 씨의 아이패드에 유서를 남기도록 의뢰한 사람도 찾아낼 수 있을지 몰라요.

— 어차피 블레이드가 한 건 가짜 유서니까 저한테 실질적인 위협은 없겠네요.

— 그럼요. 그리고 유서 작성 시점을 우리가 확인할 수 있으니까 위험하지는 않을 거예요. 지난번보다 훨씬 안전하게 지켜드릴게요.

강라혜의 설명을 들은 유혜린은 제자리를 맴돌면서 잠깐 생각에 잠겼다. 죽은 남성신이 자신에게 의도적으로 접근한 이유도 궁금했는데 그녀가 진짜 죽지 않았을 수도 있다는 의문이 생겨버렸다. 거기다 경비팀의 오 팀장은 왜 일부러 영상을 지운 채 보여주지 않았는지도 궁금했다. 하지만 해킹으로 확인한 것이라서 경찰에 수사를 의뢰하거나 찾아가서 따지기도 애매한 문제였다. 계속 고민하던 유혜린은 드디어 걸음을 멈췄다. 그리고 휴대폰을 귀에 바짝 가져다 대고 말했다.

— 생각해보고 연락드릴게요.

— 알겠습니다. 기다릴게요.

통화를 끝낸 유혜린은 이번 문제의 돌파구를 떠올려봤다. 그러다 문득 송미애와 대면했을 때 느꼈던 불편함의 원인을 알아차렸다.

"향수!"

남성신이 사용하던 입생로랑 리브르 계열의 라벤더 향이 느껴졌다. 그렇다고 남성신이 송미애에게 향수 냄새가 옮겨갈 정도로 오랫동안 한 공간에 있었을 것 같지는 않았다. 송미애의 얘기가 맞는다면 남성신을 쫓아다녔을 뿐 가까이 다가가지는 못했으니까 말이다.

"그 향수 냄새가 풍기던 사람이 하나 더 있었지."

바로 아파트 단지 요가학원 강사 배유정이었다. 그 향수는 가격이 꽤 비싼 편이라 사회 초년생인 배유정이 편하게 쓸 수 있는 것은 아니었다. 거기다 송미애는 향수를 뿌리고 다닐 스타일이 아니었다. 냄새로 연결된 세 사람을 떠올린 유혜린은 다음 목적지를 정했다.

상가로 들어간 그녀는 엘리베이터를 타고 3층에 내렸다. 그리고 한동안 가지 않았던 버터플라이 요가학원에 들어간 유혜린은 낯설다는 느낌을 받았다. 유리문을 열자 딸랑거리는 방울 소리가 들렸다. 창가에서 수강생들을 상대로 수업하던 원장이 무심코 고개를 돌렸다가 유혜린이 고개를 숙여 인사하는 걸 보고는 반색했다. 당장 달려올 기세라서 원장실에 있겠다고 손짓하고는 얼른 안으로 들어갔다. 원장실도 별로 바뀐 건 없었다. 벽에는 원장이 유명인들과 찍은 사진과 인도에서 수련 중인 모습을 찍은 사진들, 그리고 여기저기서 받은 상장과 사업자등록증이 걸려 있었다. 문에는 길게 창문이 나 있어서 바깥쪽이 보였다. 서둘러 수업을 마친 게 분명한 김해님 원장이 잰걸음으로 원장실로 걸어왔다. 그리고 조심스럽게 문을 열었다.

"어머! 오랜만이야, 혜린 씨."

엄청 호들갑을 떠는 원장이 자리에 앉았다.

"잘 지내셨어요? 원장님."

"어휴, 잘 지내긴, 혜린 씨가 없어서 힘들었어. 내가 너무 부담을 줬지."

폭포수처럼 쏟아내는 원장의 말에 적당히 대꾸한 그녀가 궁금한 걸 물었다.

"유정 씨 말이에요."

"아, 우리 배유정 선생. 왜?"

"어떻게 여기 들어온 건가요?"

"어, 그게."

주저하는 원장에게 유혜린이 은근한 목소리로 말했다.

"최근에 유정 씨에 대한 얘기가 좀 들려서요."

"어, 어떤 얘기?"

덜컥 겁먹은 표정을 짓는 원장을 보면서 유혜린은 뭔가 있다는 걸 짐작했다.

"뭐, 그러니까, 제 입으로 말하기는 좀 그렇고."

"혹시 혜린 씨도 그것 때문에 안 나온 거야?"

"꼭 그런 건 아니고요."

하지만 아니라고는 말하지 않았고, 그 정도면 충분했다. 땅이 꺼져라 한숨을 쉰 원장이 조심스럽게 입을 열었다.

"사실은 말이야. 유정 씨 경력이 좀 모자라."

예상 밖의 대답이라 살짝 당황한 유혜린은 애써 태연한 척했다.

"얼마나요?"

"인도 유학 갔다 왔다는 건 거짓말이야. 대신 태국은 두 번 갔다 왔어. 정말이야."

"유정 씨 클래스가 비쌌던 건 원장님이 얘기해준 경력 때문이었잖아요. 다들 믿고 있었는데."

"아니, 그게."

고개를 옆으로 떨군 원장의 눈동자가 열심히 움직였다. 보통 거짓말을 최대한 포장하려고 하는 사람들이 하는 동작이라는 걸 알고 있던 유혜린은 가만히 팔짱을 끼고 지켜봤다.

고개를 든 원장이 억지로 웃으며 말했다. "유정 씨가 하도 애원해서 말이야."

"어떻게 애원했는데요?"

"일만 시켜주면 월급은 반의 반만 줘도 된다고 말이야. 시켜보니까 실력도 나름 괜찮고, 입도 무거운 것 같아서 눈 딱 감고 시켰지."

"그러니까 월급을 엄청 적게 받은 거네요?"

"내가 그런 것도 아니고 자기가 먼저 제안했어."

황급히 손사래를 친 원장에게 유혜린이 물었다.

"실력이 없지는 않았는데 다른 데 말고 여기에 월급까지 깎으면서 다녀야 할 이유가 뭐라던가요?"

"그게, 여기가 엄청 부자들이 있는 곳이라 이곳에서 몇 년 다녔다고 경력을 쌓으면 나중에 다른 곳으로 갈 때 도움이 되기도 하고, 자기가 학원을 차릴 때도 기반이 될 거 같다고 해서 말이야. 처음에는 그럴 수 없다고 했는데 며칠 동안 계속 찾아와서 애원하더라고. 아들이랑 비슷한 나이라서 그냥 몇 달만 채용하려고 했지. 그런데 실력도 엄청 좋고 싹싹해서 계속 데리고 있었어."

유혜린이 오랫동안 스튜어디스로 일하면서 느낀 촉을 가지고 한 번 더 물어봤다.

"그것만 있을 것 같지는 않은데요?"

그러자 원장이 눈을 깜빡거리면서 난처한 표정을 지었다. 유혜린이 얘기해보라는 듯 쳐다보자 원장이 주섬주섬 입을 열었다.

"사실은 자격증이 없어. 아예."

"네? 강사 자격증이 없다고요?"

"일단 채용하고 나서 강사 자격증을 확인하려고 했는데 차일피일 미루더라고, 이상하다 싶어서 하루는 심하게 다그쳤더니 그때서야 얘기하는 거야. 자격증이 없다고."

어처구니가 없어진 유혜린은 원장을 바라봤다. 무자격 강사를 포장해서 회원들에게 비싼 클래스를 듣게 만든 것이다. 뭔가가 있을 것 같아서 쿡 찔러봤는데 이런 식의 답변이 나올 줄은 몰랐다. 예전에 배유정과 만나서 얘기를 나눴을 때 남성신과는 별로 가깝게 지내고 싶지 않다고 말했던 것이 떠올랐다. 그런데 정작 남성신이 쓰는 향수가 몸에 밸 정도로 많은 시간을 함께했다. 거기다 오늘 남성신의 과거를 폭로한 송미애 역시 같은 향수 냄새가 풍겼다. 셋은 같이 붙어다닐 사이는 아니었고, 그나마 가능성이 있는 게 배유정과 송미애였다. 그걸 확인하기 위해서 찾아온 것인데 뜻밖에도 부정 채용 사실을 확인했다. 잠시 어리둥절했지만 곧 다른 의문이 떠올랐다.

'왜 배유정 씨는 월급을 깎아가면서까지 여기 다니려고 애를 쓴 거지?'

원장의 설명으로는 앞으로의 경력 때문이라고는 했지만 믿기지 않았다. 그럴 거면 차라리 자격증을 따는 게 훨씬 나았기 때문이다. 그런데 유독 월급이 짜기로 소문난 버터플라이 요가학원에서 굳이 월급을 자발적으로 깎아가면서 다닐 이유가 없었다. 경력 때문이라면 강남이나 송도 쪽이 더 도움이 될 테니까 말이다. 의문점들이 비탈길을 내려가는 눈덩이처럼 커지면서 유혜린은 갑자기 생각난 질문을 던졌다.

"배유정 씨가 온 게 작년이었나요?"

"맞아. 작년 6월부터."

기억을 더듬던 유혜린은 남성신이 그린우드로 입주한 게 작년 초쯤이었다는 것을 기억해냈다. '마치 남성신을 따라온 것 같네?'

유혜린이 잠시 생각에 잠겨 있자 원장이 다시 애원조로 말했다.

"안 그래도 유정이도 관둔다고 했어. 그러니까 자기만 눈감아줘. 응?"

"관둔다고 했다고요?"

"어제 얘기하더라고, 다음 달까지만 하면 안 되겠느냐고 해서 클래스 끝날 때까지는 있어달라고 했어."

의문은 더욱더 깊이 어둠 속으로 파고들었다. 일단 확실한 건 송미애와 배유정 사이에 무언가 있다는 것이고, 그것이 남성신과도 연결되어 있다는 점이었다. 계속 눈감아달라고 하는 원장에게 알겠다고 말한 유혜린은 원장실을 나왔다. 밖으로 나가면서 창가 쪽을 힐끔 바라봤다. 유정 씨가 몇 명의 회원들과 담소를 나누면서 몸을 푸는 게 보였다. 평소에는 실력 좋고 싹싹한 요가 강사였는데 지금은 비밀을 잔뜩 품은 의뭉스러운 사람으로 느껴졌다. 느슨해진 햇살이 창가를 통해 스며들어오면서 배유정의 그림자를 길게 늘어뜨렸다. 유혜린은 잠깐 그녀와 그림자를 지켜보다가 버터플라이 요가학원을 나섰다. 공중 복도로 돌아가려다가 광장을 거닐기 위해 아래로 내려갔다. 상가 입구에는 곧 있을 아파트 입주민 협의회 회장 선거 게시물들이 잔뜩 붙어 있었다. 그린우드 아파트는 입주민들이 관리비를 워낙 많이 내기 때문에 웬만한 지자체 예산보다 많다는 소문이 있을 정도였다. 그래서 선거가 굉장히 치열했다. 특히, 현재의 회장이 연임을 노리고 있는데 전임 회장이 다시 도전장을 낸 상태였다. 현재의 회장은 관리비가 비싸다는 불만을 의식했는지 상가 중에 월세를 내지 않는 곳을 정리하고 공실을 최소화하겠다는 공약을 제일 앞에 내걸었다.

과거

균열

"어머! 언니!"

한미영이 손을 들고 활짝 웃는 모습에 한정숙은 따라서 손을 흔들었다. 둘이 만난 해운대는 그야말로 북새통이었다. 2002년 월드컵 조별 리그에서 포르투갈과의 경기를 앞두고 있었기 때문이다. 첫 경기 상대인 폴란드를 2 대 0으로 제압하고 다음 상대인 미국과 1 대 1로 비기면서 16강 진출이 유력해진 상황에서 맞이한 경기라 해운대의 잔디밭은 온통 붉은 악마 티셔츠와 태극기를 든 사람들로 가득했다.

한정숙이 반가워하며 한미영의 손을 잡고 말했다. "오늘은 일찍 끝난 거야?"

"네, 어차피 은행에 손님도 없을 거라고 행장님이 몇 명만 남기고 다 퇴근하라고 했어요."

"한빛은행 좋은 곳이네."

"지난달부터 우리은행으로 바뀌었어요. 언니."

"한빛도 나쁘지 않았는데 또 바뀌? 그나저나 이럴 때는 남자친구랑 축구를 봐야 하는데, 나 같은 고리타분한 아줌마를 만나네."

"아이, 놀리지 마세요. 저 남자친구 없는 거 잘 알면서."

핸드백을 고쳐 멘 미영이 배시시 웃었다. 목에는 지난번 롯데백화점 서면점에서 만났을 때 사준 까르띠에 실크 스카프가 걸려 있었다. 한정숙은 드디어 미영이 자신을 믿기 시작했다는 사실에 속으로 기뻐했다. 재작년에 명동에서 우연찮게 만난 모녀가 기뻐하는 모습을 보고 따라 다니면서 이런저런 얘기를 들었다. 이름이 한미영이라는 것과 부산으로 내려가기 전에 한빛은행 영등포점에서 잠시 일한다는 얘기를 듣고는 손님으로 가장해서 찾아갔다. 지급받은 보험금 중 상당수를 예금으로 맡기자 당장 부행장이 나와서 인사를 했다. 부행장실에서 이런저런 얘기를 나누는데 신입 직원인 한미영이 차를 가지고 들어왔다. 한정숙은 같은 한씨라고 반갑다고 하면서 이런저런 말을 걸었고, 그녀와 상담을 하고 싶다고 말했다. 부행장이 신입 직원이라서 곤란하다고 하자 한정숙은 괜찮다고 고집을 부렸다. 그리고 그녀와 상담을 하고 나서 또다시 거액을 예치했다. 한미영은 생각지도 못한 성과를 거두면서 눈물을 글썽거릴 정도로 기뻐했다. 상담을 하는 척하면서 그녀의 개인사를 알아낸 한정숙은 일단 그녀가 부산에 내려간 다음에 한동안 거리를 두었다. 그리고 차근차근 그녀에게 접근할 정보들을 캐냈다. 한정숙이 고용한 흥신소 대표는 전직 경찰 출신이라 개인정보를 쉽사리 빼냈다. 한미영은 선원인 아버지가 병으로 세상을 떠난 후에 어머니와 함께 어렵게 자랐다. 한미영이 국민학교 때 서울로 이사 와서 신림동에서 살았고, 그녀의 어머니는 봉제 공장에서 일하며 그녀를 키웠다. 어려운 형편이라 여상을 졸업했지만 IMF의 여파로 제대로 취직을 못 하고 고생하다가 어렵게 한빛은행 데스크 직원으로 취직을 했다. 그래서 어머니랑 같이 외식을 하려고 명동에서 만났던 게 한정숙의 눈에 들어온 것이다. 건네받은 정보를 가지고 그녀는 차근차근 한미영에게 접근할 준비를 했다. 정확하게는 어떻게 파멸시킬지를 고민했다. 몇 달 후, 한미영은 부산으로 내려갔다. 작별 인사를 한 한정숙은 곧바로 그녀가 발령받은 해운대의 달맞이 고개에 빌라를 하나 빌렸다. 평생을 서울에서만 살던 그녀로서는 눈앞에 펼쳐진 바닷가가 정말 멋졌다. 억센 부산 사투리도 인상적이었고, 서울에서는 좀처럼 먹기 힘든 생선회도 별미였다. 무엇보다 돈을 펑펑 쓸 수 있다는 것이 너무나 행복했고, 그것으로 누군가의 행복을 무너뜨릴 수 있다는 사실도 기뻤다. 만반의 준비를 마친 한정숙은 한빛은행 해운대 지점에 들어갔다. 그리고 창구에 앉아 있는 한미영을 보고 아는 척했다.

"어머, 미영 씨 아니야?"

사실 한미영은 한빛은행 해운대 지점에 발령받은 이후, 현지 출신 직원들에게 심각하게 따돌림을 당하고 있었다. 그래서인지 표정이 밝지 않았는데 한정숙은 일부러 그녀를 치켜세우면서 거액을 예치했다. 바로 지점장이 나와서 인사를 하고, 셋이 사무실에 들어가서 차를 마셨다. 차를 준비하려는 한미영을 앉히고 그녀를 괴롭히던 직원에게 차 심부름을 시켰다. 그리고 지점장에게 한미영 씨만 믿는다면서 다른 지점으로 옮기면 자신도 따라갈 것이라고 큰소리를 쳤다. 그 말을 들은 지점장이 바로 알겠다고 대답했다. 사실 견디다 못한 한미영이 다른 지점으로 옮기려고 하는 것을 미리 알고 선수를 친 것이다. 직원들의 괴롭힘을 모른 척하고 있던 지점장에게 이제는 해결해야 할 문제가 되어버리게 만들었다. 그렇게 한미영에게 은인으로 등극한 한정숙은 차근차근 거리를 좁혔다. 며칠에 한 번씩 은행에 들러 일을 처리하면서 그녀와 얘기를 나눴고, 친분을 과시했다. 한미영은 그녀 덕분에 집과 가까운 해운대 지점에서 계속 일할 수 있게 되었다면서 진심으로 고마워했다. 하지만 그건 한정숙이 파놓은 함정으로 끌려 들어가는 일이었다. 그녀는 한미영에게 낯선 부산에서 아는 사람이 없다고 한탄했다. 한미영은 기꺼이 시간을 내주면서 한정숙과 자주 만나기 시작했다. 그렇게 서서히 가까워지면서 언니 동생 사이가 되게끔 의지하게 만들었다.

그동안의 시간을 떠올리며 생각에 잠겨 있던 한정숙은 뒤쪽에서 들려오는 우렁찬 함성 소리에 퍼뜩 정신을 차렸다. 경기는 몇 시간 뒤인 저녁 8시 반부터 시작이었지만 붉은 악마들은 벌써부터 모여들어서 해운대 해수욕장의 모래사장과 뒤쪽 잔디밭을 가득 메웠다. 금요일 저녁이고 한 번도 경험해본 적 없는 월드컵 16강이 유력한 상황이라 다들 흥분과 기대감으로 가득 찼다. 그 모습을 본 한정숙이 웃으며 말했다.

"이걸 부산 사람들 표현대로 하면 디비졌다고 하는 건가?"

"그럼요. 디비져도 단디 디비진 거죠."

맞장구를 친 한미영이 활짝 웃자 그녀는 해운대 바닷가 쪽 툭 튀어나온 동백섬 입구에 자리 잡은 웨스틴 조선 호텔을 가리켰다.

"우린 저기 가자. 예약해놨어."

"어머, 정말이요? 저기 비싼 곳인데."

한미영이 감격해하자 한정숙은 대수롭지 않게 대답했다.

"아낄 때는 아끼더라도 써야 할 때는 써야지. 사람들이 너무 많잖아. 이제 난 저기 섞이기에는 너무 늙었어."

"어머, 무슨 말씀을요. 아직 20대 같아요."

"우리 미영 씨가 은행밥을 좀 먹더니 사회생활을 하네."

둘은 깔깔거리면서 동백섬 쪽으로 걸어갔다. 얼굴에 태극기를 그려 넣은 젊은 커플이 깔깔거리며 둘을 스쳐지나갔다. 그걸 본 한정숙이 가볍게 웃으며 말했다.

"재들은 목적이 축구를 보러 온 게 아닌 거 같은데."

한정숙의 농담에 한미영의 얼굴이 빨개졌다. 소극적인 성격에 가난한 집안 환경으로 제대로 된 연애를 해본 적이 없다는 홍신소 대표의 얘기를 떠올렸다. 언덕을 올라서 동백섬 입구에 있는 웨스틴 조선 부산 호텔에 들어섰다. 그랜저를 비롯한 국산차들과 외제차들이 주차장을 가득 메웠고, 입구를 들어가고 나가는 사람들의 옷차림은 굉장히 고급스럽고 세련되었다. 한미영은 잠깐 넋이 나간 표정으로 쳐다봤다.

"딴 세상에 사는 사람들 같아요."

"다 똑같지, 뭐."

입구에 들어서자 제복을 입은 호텔 직원이 문을 열어줬다. 가볍게 고개를 까닥거린 한정숙이 먼저 들어서고 그 뒤로 한미영이 주춤주춤 따라 들어왔다. 안내 데스크 뒤쪽 계단으로 올라가자 탁 트인 바다가 보였다. 미리 테라스 쪽의 자리를 예약해둔 한정숙은 호텔 직원을 따라 그곳으로 향했다. 한미영이 바다를 보고 입을 다물지 못하자 한정숙이 살포시 웃으며 자리에 앉았다. 그리고 호텔 직원에게 비엔나커피를 주문했다. 한미영 역시 같은 걸 달라고 하는 걸 본 한정숙이 물었다.

"부산 출신이라며 왜 이렇게 바다를 보고 좋아해?"

"그게, 어릴 때 서울에 올라가는 바람에 바다를 못 봤잖아요. 중학교 때 하도 바다가 보고 싶다고 하니까 엄마가 가까운 인천 바다를 보러 가자고 했는데 너무 작고 좁아서 실망한 바람에 저건 가짜 바다라고 자유공원이 떠나가라 울었던 적이 있었어요."

때마침 비엔나커피가 나오면서 둘의 얘기는 잠깐 그쳤다. 스푼으로 휘핑크림을 한번 떠먹은 한정숙은 몸을 돌려 해안가를 바라봤다. 백사장은 물론이고 잔디밭까지 온통 붉은 물결이었다.

그걸 본 한정숙이 말했다. "붉은 악마라니, 내가 어릴 때 붉은색은 불길함의 상징이었는데 말이야."

"왜요?"

"빨갱이라고 낙인 찍히면 그것만큼 무서운 게 없었거든."

이런저런 얘기를 나누면서 시간을 보내는데 해가 서서히 떨어지기 시작했다. 경기 시작까지는 아직 좀 더 남긴 했지만 사람들은 이미 축구가 시작된 것처럼 열광했다.

비엔나커피를 한 모금 마신 한정숙이 찻잔을 내려놓으며 말했다. "사람들이 이렇게 모여서 열광하는 건 앞으로 두고두고 기억되겠지?"

"그럼요. 저도 사람들이 이렇게 많이 모인 건 처음 봐요."

"요즘은 어때?"

주제어가 없긴 하지만 무엇을 얘기하는지 둘 다 알고 있었다. 비엔나커피의 휘핑크림을 한 스푼 떠먹은 한미영이 활짝 웃었다.

"요즘은 오히려 제 눈치를 봐요."

"다행이네. 자기들도 한번 당해봐야 정신 차리지."

“언니 덕분이에요. 안 그랬으면 너무 힘들어서 지금쯤 다른 지점으로 갔을 거예요.”

“자기가 있는 동안은 해운대 지점만 쓸 거니까 염려 마. 내가 지점장한테도 잘 얘기해놨어.”

한정숙의 이야기를 들은 한미영이 어쩔 줄 모를 정도로 고마워했다.

“서울에서도 그렇고 저한테 너무 잘해주셔서 고마워요. 언니 덕분에 이런 곳에도 와보고, 뭘로 보답해야 할지 모르겠어요.”

“보답은 뭘, 나도 어릴 때부터 고생을 많이 해서 미영 씨 심정을 누구보다 잘 알지. 그러니까 너무 부담스러워하지 마.”

“그래도 두고두고 은혜를 갚을게요. 어머니도 그렇게 말씀하셨어요.”

한미영의 입에서 어머니라는 말이 나오자 한정숙은 갑자기 정색을 했다.

그녀의 표정을 살핀 한미영이 물었다. “표정이 왜 그러세요?”

한정숙은 처음에는 아니라고 하면서 딴청을 피웠다. 사실 한미영의 가장 큰 약점은 바로 어머니 윤정자였다. 한정숙은 둘의 관계가 단순한 모녀지간이 아니라 엄청난 신뢰를 통해 한미영이 많이 의지하고 있다는 사실을 간파했다. 그러니까 한미영에게서 어머니 윤정자라는 버팀목을 빼내버리면 그녀는 망가질 수밖에 없다는 것이 한정숙의 판단이었다. 주저하던 한정숙이 그녀의 재촉에 못 이기는 척 입을 열었다.

"그게, 얼마 전에 서면에서 미영 씨 어머니를 만났어."

"제 어머니를요?"

"정확하게는 만난 게 아니라 스쳐 지나간 거였지."

두 번 정도 같이 만나서 식사를 한 적이 있어서 얼굴을 안다는 점을 이용한 것이다. 영문을 모르겠다는 표정으로 바라보는 한미영에게 한정숙이 안타깝다는 표정을 지으면서 얘기했다.

"누구더라. 어머니 친구분 중에 도박한다고 했던 사람 있지."

"네, 목선이 아줌마요. 김목선."

"둘이 같이 다니는 걸 봤어. 혹시……."

한미영의 어머니는 고생을 하다가 외동딸이 월급을 꼬박꼬박 가져오자 방심했는지 느슨해졌다. 하지만 엄청난 일탈을 하거나 방탕하게 지내는 건 아니었고, 좋아하는 트로트 가수가 나오는 카바레에 친구들과 놀러 가는 정도였다. 하지만 한정숙은 잘 알고 있었다. 거짓 속에 진실을 적당히 섞어버리면 골라내기가 힘들다는 것을 말이다. 한정숙이 뜸을 들이자 예상대로 한미영은 머릿속으로 온갖 부정적인 생각들을 하는지 얼굴이 심하게 일그러졌다. 그러다가 한숨과 함께 툭 내뱉었다.

"내가 그렇게 어울려 다니지 말라고 했는데."

"술이나 담배는 몰라도 도박은 절대 못 끊어. 그러니까 아예 근처에도 가면 안 돼. 몇 년 전에 만든 강원랜드인가 그 카지노에 갔던 사람 중에 패가망신한 사람이 한둘이 아니야."

"그럼요. 저도 잘 알죠."

한미영이 도박에 대해서 얼마나 무서워하고 끔찍하게 생각하는지 한정숙은 잘 알고 있었다. 아버지가 형님의 도박 빚 때문에 보증을 잘못 섰다가 화병으로 돌아가셨기 때문이다. 예상대로 한미영의 얼굴은 절망과 좌절로 가득 찼다.

한정숙은 그런 한미영에게 다정하게 말했다. "아직 늦지 않았으니까 잘 얘기해봐."

"그럴게요. 안 그래도 요즘 돈이 자꾸 부족하시다고 해서 용돈을 더 드렸거든요. 그런데 도박을 해서 돈이 부족했던 거였다니."

"아니야. 아직 도박을 했다고 볼 수는 없잖아. 진정하고 잘 얘기해봐."

"얘기하고 말 게 어디 있겠어요. 엄마가 그럴 줄은 정말로 몰랐어요."

이제 막 해운대를 차지하기 시작한 어둠보다 더 어두운 얼굴을 한 한미영의 대답에 한정숙은 위로의 뜻이 담겨 있는 듯한 미소를 지었다.

"세상일이라는 게 어디 뜻대로 되나? 도박장에 다니는 건 나도 직접 본 게 아니야. 그냥 어울려 다니는 것일 수도 있으니까 너무 몰아붙이지 마."

한정숙은 연거푸 말렸다. 사실은 말린 게 아니라 계속 주입을 시키는 것이었다. 그래서 의도적으로 도박이라는 말을 계속 썼고, 별다른 사회 경험이 없이 한정숙에게 많이 의지한 한미영은 그냥 어머니가 도박을 하는 것이라고 굳게 믿어버렸다. 이 정도면 충분하다고 생각한 한정숙이 커피를 한 모금 마시는데 갑자기 환호성이 울려 퍼졌다. 잔을 내려놓은 한정숙이 대형화면이 설치된 해운대 해수욕장 쪽을 바라봤다. 대한민국과 포르투갈의 월드컵 예선 D조 3차전 경기가 시작된다는 우렁찬 알림과 함께 붉은 악마들이 환호성을 지른 것이다. 화면을 가득 채운 인천 문학경기장에서는 하얀색 유니폼을 입은 대한민국 축구 대표 팀 선수들의 얼굴이 하나씩 보였다. 환호성이 점점 커져가는 가운데 남은 커피를 마신 한정숙이 우울한 표정의 한미영에게 물었다.

“자기는 누가 이길 거 같아?”

“설마 우리가 포르투갈까지 이기겠어요?”

“설마가 사람 잡는 법이지. 여기서 좀 더 볼까? 아니면 식당 가서 밥 먹을까?”

“식당으로 가요. 저는 축구는 별로 좋아하지 않아요.”

“알았어. 가자.”

핸드백을 들고 일어난 한정숙을 따라 한미영이 일어났다. 이미 넋이 나간 표정이라 한정숙은 오늘은 더 얘기할 필요 없겠다고 판단하면서 흐뭇한 미소를 지었다.

현재

악화되는 현실

남편인 마이클이 갑작스럽게 휴가를 얻는 바람에 유혜린은 며칠 동안 사건에 신경을 쓰지 못했다. 남편은 오랜만에 받은 휴가에 들떠서 하고 싶은 게 많았다. 통도사도 갔다 오고 인제 자작나무 숲도 다녀오느라 아파트도 며칠 떠나 있어야 했다. 차라리 잊어버릴까 생각해봤지만 돌아오는 차 안에서 다시 생각이 났다. 유혜린은 일단 남성신의 죽음을 다시 되짚어봤다. 송미애의 얘기대로 과연 그녀는 거짓으로 죽었다고 하고 어디론가 사라졌을까? 몇 번이고 생각해봤지만 유혜린은 고개를 저었다. 송미애의 얘기대로 시신을 직접 본 사람은 없고, 인도라면 죽음을 위장할 수 있었을지도 몰랐다. 하지만 갑작스럽게 죽으면서 그 많던 재산을 다 놓고 떠났다는 게 걸렸다. 남성신이 한정숙에서 이름을 바꾸고 수십 년간 자신이 하고 싶은 대로 살 수 있었던 것은 결국은 돈 때문이었다. 그런데 어렵게 구매한 그린우드 아파트나 자기 이름으로 된 재산을 처분하지 못한 채 사라진 게 의심스러웠다. 혹시나 해서 휴가 중에 남편에게 부탁해서 남성신의 죽음을 다시 확인했다. 일단 법적으로는 사망 상태이고 누군가 그녀의 유산을 빼돌렸거나 손을 댄 흔적은 없었다. 마이클은 돌아오자마자 다시 회사로 출근했고, 유혜린은 어지러운 마음을 잊기 위해 세나와 함께 집 안을 청소하고 창가에 매트를 펴놓고 요가를 했다. 요가를 마칠 즈음에 한 가지 생각이 들었다.

'우리가 인도에 갔을 때 배유정은 어디 있었을까?'

요가학원 원장과 인도로 갔을 때 배유정은 한국에 남았었다. 문득, 그녀가 남아서 무엇을 했을지가 궁금해진 것이다. 요가를 마무리하고 세나가 건넨 타월로 땀을 닦은 유혜린은 물어볼 만한 사람이 떠올랐다. 68층에 사는 이효인이었다. 그녀처럼 스튜어디스 출신이라 어느 정도 말이 통했다. 커뮤니티의 단톡방에서 이효인의 프로필을 찾은 그녀는 대화를 시작했다.

— 효인 씨, 잘 지내고 있어?

잠시 후, 1이 사라지고 답변이 왔다.

— 어머, 선배님. 잘 지내세요? 요즘 왜 학원에 안 나오세요?

— 일이 좀 있어서. 뭐 하나 물어봐도 돼?

— 그럼요.

— 나 인도로 요가 수련 갔을 때 한국에 있었잖아.

— 네, 그때 컨디션이 안 좋아서요.

— 한국에 남아서 요가학원 갔을 때 유정 씨 만났었어?

— 요가학원 배유정 씨요?

— ㅇㅇ

— 잠깐만요. 그때 유정 씨도 휴가를 갔었어요.

— 휴가? 원장님은 유정 씨한테 맡겨놓고 갔다고 했는데?

— 저도 그렇게 알고 있었는데 가보니까 휴가를 갔다고 해서 허탕을 친 적이 있었어요. 공지가 없어서 좀 짜증 났었어요.

이효인의 대답을 들은 유혜린은 머리가 좀 복잡해졌다. 터무니없는 가설이라고 생각했는데 첫 번째 문제가 통과되어버린 것이다. 고민하던 유혜린이 다시 질문을 남겼다.

— 언제부터 언제까지?

— 정확하게는 모르지만 언니가 수강생들이랑 인도로 간 다음 날부터였어요. 그다음에는 한동안 안 가서 언제 복귀했는지는 모르겠어요. 데스크에서도 모른다고만 했고요.

— 그랬구나. 고마워.

— 요가학원 나오실 때 얘기해주세요. 아니면 카페에서 차 한잔 해요.

— 그래, 조만간 보자.

대화를 끝낸 유혜린은 곧장 허연수에게 전화를 했다.

— 출입국 관리소 해킹할 수 있어요?

— 그런 건 해킹이라고 부르지 않아요.

— 그럼요?

— 방문이요. 대한민국 공공기관은 몇 군데를 빼면 아직 사이버 보안이 초보 수준이에요. 원하시는 게 뭔가요?

— 우리 아파트 상가에 있는 버터플라이 요가학원에 다니는 배유정 강사가 해외에 나간 기록이 있는지 확인해보고 싶어서요.

— 날짜 알려주시면 찾아볼게요.

— 문자로 보낼게요. 어디로 갔는지도 알 수 있어요?

— 물론이죠. 금방 찾아볼 수 있어요.

— 고마워요. 빨리 알아봐주세요.

— 알겠어요. 그나저나 미끼 역할하시는 건 생각해보셨어요?

— 곧 말씀드릴게요.

통화를 끝낸 유혜린은 문자로 날짜를 적어서 보냈다. 그리고 잠깐 고민하다가 외출 준비를 했다. 부엌에서 식기 세척기를 돌리고 진공청소기로 마루를 청소하던 세나가 물었다.

"언제 들어오세요?"

"늦을지도 몰라. 저녁 맛있게 먹어."

"네."

핸드백을 챙긴 유혜린은 현관문을 나와서 지하 주차장으로 향했다. 거기에는 한 집에 네 대씩 주차할 수 있는 공간들이 있었는데 유혜린의 집에 있는 공간에는 마이클이 유혜린의 작년 생일 선물로 사준 포르쉐와 남편의 제네시스가 나란히 서 있었다. 그리고 옆에는 포르쉐를 사주기 전에 탔던 국산 중형차가 보였다. 팔아버리려고 했지만 포르쉐를 타고 갈 만한 상황이 아닐 때 사용했다. 지금이 그럴 때 같았다. 차에 올라타서 시동을 건 유혜린은 서서히 주차장을 빠져나갔다. 막연한 추측이자 생각이었지만 이제 움직여야 할 이유가 생겼다. 요가 강사 배유정은 금전적인 손해를 무릅쓰면서도 버터플라이 요가학원에서 일을 했다. 그리고 죽은 남성신과 친하다고 하지 않았지만 향수 냄새로 보면 거짓말이었다. 그런데 남성신이 과거 한정숙일 때부터 추적했던 송미애와도 같은 향수 냄새라는 연결고리가 분명히 존재했다. 남성신은 유혜린을 노리고 있었지만 정작 자신이 죽임을 당했다. 그리고 유혜린도 죽임을 당할 뻔했다. 그냥 넘어가고 싶었지만 그날 화분에 맞을 뻔한 이후에 일종의 강박관념이 생겼다. 누군가 자신을 죽일지 모른다는 생각에 외출도 제대로 할 수 없었고, 자꾸만 주변 사람들을 의심하게 되었다. 그리고 자신을 자살로 위장해서 죽이려고 했던 사람이 누군지 아직 밝혀지지 않았던 것도 불안 요인 중 하나였다. 이런저런 생각을 하면서 주차장을 빠져나온 유혜린은 상가 쪽 입구 근처에 주차했다. 경비원이 득달같이 달려왔지만 입주민의 차량인 걸 알고 그냥 넘어갔다. 유혜린은 의자를 살짝 뒤로 눕히고 3층에 있는 버터플라이 요가학원을 바라봤다. 그녀가 알고 있기로 배유정의 클래스는 오후 3시에 끝이었다. 2시 59분이 찍힌 손목시계를 힐끔 보면서 출입구를 바라봤다. 15분쯤 지나자 머리를 묶은 배유정이 1층의 출입문을 열고 나오는 게 보였다. 운전석 의자를 당기고 지켜봤다. 아파트 단지 밖의 버스 정류장 쪽으로 향하던 배유정은 버스 정류장 근처에 서 있던 하얀색 승용차의 조수석에 탔다. 월령시는 아직 지하철이 없기 때문에 버스를 탈 수밖에 없어서 잠깐 당황했던 유혜린은 곧장 정신을 차리고 배유정이 탄 하얀색 승용차를 따라갔다. 일단 무작정 관찰하기로 하고 조용히 미행했다. 월령시 외곽도로로 나간 하얀색 승용차는 다행히 차량이 많이 다니지 않은 곳으로 다녔다. 뒤를 따라가던 유혜린은 하얀색 승용차가 도로 옆에 있는 샛길로 빠지는 걸 보고 급하게 따라붙었다. 차가 없는 2차선 도로라 들킬까 봐 걱정했지만 다행히 길의 끝에는 목적지가 하나밖에 없었다. 도로 위에 있는 거대한 안내판에는 월령 메모리얼 파크라고 적혀 있었다.

그걸 본 유혜린이 중얼거렸다. "납골당?"

예상 밖의 장소에 의아해하며 따라간 유혜린은 넓디넓은 주차장을 보고 살짝 당황했다. 다행히, 하얀색 승용차는 이제 막 주차를 하느라 금방 눈에 띄었다. 입구 근처에 주차한 유혜린은 하얀색 승용차를 바라봤다. 차의 조수석에서 배유정이 내리고 운전석에서 송미애가 내렸다. 둘이 아는 사이라는 건 어느 정도 눈치채긴 했지만 납골당에 같이 왔다는 사실은 예상 밖이었다. 두 사람이 건물 안으로 들어가는 걸 본 유혜린은 시간을 두고 따라서 들어갔다. 회전문 안으로 들어가자 안내 데스크가 보였다. 파란색 유니폼을 입은 직원이 유혜린에게 말을 건넸다.

"안녕하세요. 고객님."

유혜린은 일부러 당황한 척하며 말을 건넸다.

"아! 밖에서 잠깐 통화하느라 친구를 놓쳤어요. 방금 들어왔는데 노란 머리……."

"저쪽 별님관 쪽이에요. 1102호."

"고맙습니다."

의례적인 미소를 지은 유혜린이 직원이 가리킨 쪽으로 걸어갔다. 긴 복도에는 가벼운 명상 음악 같은 게 흘러나왔다. 손에 국화꽃을 든 유가족들이 드문드문 보였다. 유골 항아리가 든 복도가 길게 이어지는 가운데 유혜린은 숫자를 확인하면서 걸어갔다. 그러다가 복도 끝에 서 있는 두 사람을 보고 걸음을 멈췄다. 그리고 눈에 띄지 않는 곳으로 걸어갔다. 휴게실 같은 곳에 들어간 그녀는 음료수를 뽑아서 한 모금 마셨다. 그리고 시간이 흐르는 걸 기다렸다. 30분쯤 지나서 두 사람이 휴게실 앞 복도를 지나서 나가는 게 보였다. 두 사람이 주차장으로 나가서 차를 타는 걸 본 유혜린은 잠깐 고민했다. 쫓아갈지 아니면 둘이 만나러 간 1102호의 주인공을 보러 갈지 고민하던 유혜린은 후자를 택했다. 층층이 쌓인 유골함 칸 중에서 1102호는 제일 위에 있었다. 고개를 든 유혜린은 두 개의 납골함에 적힌 이름을 확인했다.

"송창래. 송민식."

둘 중에 하나인 송창래를 어디서인지 들어본 이름이라서 한참을 고민하던 그녀는 진실의 벽과 마주쳤다.

"남성신, 아니 한정숙의 전남편이네. 서해 바다에서 물에 빠져 죽은."

하나의 이름에 대한 비밀이 풀리자 나머지 한 명의 이름에 대한 의문도 풀렸다.

"송민식은 그때 같이 빠져 죽은 아들이겠네."

송미애는 송창래의 여동생이라서 올 이유가 있었다. 그런데 배유정은 왜 왔는지 이유를 알 수 없었다.

긴 창가에서 흘러들어온 빛이 조명처럼 납골함을 비쳐주었다.

과거

비행기 안에서

남성신은 잠깐 꿈을 꾸었다. 남편 송창래와 의붓아들의 죽음부터 명동에서 만난 한미영을 파멸시키기 위해서 부산으로 내려갔던 시절, 그리고 부산을 떠나서 인천으로 갔다가 거기서 만난 또 다른 희생양을 파멸시킨 후에 제주도로 향했다. 거기서 만난 행복해 보이는 일가족을 타깃으로 삼은 남성신은 그들이 사는 천안으로 이사를 갔다. 그리고 쌍둥이 엄마가 자식들을 죽이고 자살을 시도하는 것까지 확인하고 곧장 비행기를 탔다. 이번에는 앞설 때와는 다르게 남편이 자신을 의심하는 상황이었다. 자식들의 장례식장에 수갑을 찬 채 나타난 그녀를 먼발치서 지켜보면서 승리감을 느꼈지만 남편이 자신을 뚫어지게 바라보는 것을 알아차렸다. 불길한 느낌에 얼른 몸을 사린 남성신은 곧장 미국 여행을 떠났다. 돌아오면서 생각했다.

"이제 은퇴할까?"

나이가 들면서 집중력이 떨어지는 게 느껴졌고, 꼬리가 길면 밟힐 수 있다는 사실도 마음에 걸렸다. 무엇보다 빌어먹을 시누이가 따라붙는 속도가 빨라졌다. 이름도 바꾸고 행방을 감출 수 있는 것은 전부 다 했지만 어떻게 알아냈는지 눈앞에 나타나곤 했다. 돈의 힘으로 위기를 넘길 때가 많았지만 천안에서는 진짜 위험했다. 무엇보다 빌어먹을 시누이가 쌍둥이 엄마의 남편과 만난 게 확실했다. 쌍둥이 엄마와는 달리 남편은 처음부터 그녀를 못마땅하게 여기고 의심의 눈초리를 거두지 않았다. 확실히 이전과는 달리 위험했다는 게 마음에 걸렸다. 그래서 예전부터 거래하던 흥신소에 큰돈을 주고 시누이의 처리를 맡겼다. 하지만 바보 같은 흥신소 놈들이 시누이 대신 늙은 시어머니를 차로 치고 말았다. 뒷일을 처리하라고 맡긴 뒤 비행기를 탄 남성신은 잘 마무리되었다는 연락을 받고 귀국하는 비행기를 탔다. 몇 번 이용한 외국 항공사의 비즈니스석은 조용하고 쾌적했다. 특히 같은 줄의 키 큰 외국인이 눈길을 끌었다. 마치 모델처럼 말끔한 얼굴에 매너 있는 모습 때문이었다. 거기다 어디서 배웠는지 짧은 한국말도 했다. 그래서 살짝 훔쳐보면서 시간을 보냈다. 그런데 갑자기 나타난 한국인 스튜어디스가 외국인에게 말을 걸었다. 정중하게 응대하는 것 같았지만 둘은 아는 사이 같았다. 짧고 어색한 한국말로 얘기를 나눈 외국인이 돌아서는 한국인 스튜어디스의 손을 잡았다. 그리고 다른 손으로 작은 보석 상자를 꺼내면서 갑작스럽게 청혼을 했다. 다들 흥미진진한 구경거리가 생기자 고개를 빼고 지켜봤다. 외국인에게 청혼을 받은 한국인 스튜어디스는 엄청나게 큰 다이아몬드 반지를 보고 눈물을 글썽거릴 정도로 기뻐했다. 그걸 본 남성신은 거의 꺼져갔던 타인의 행복에 대한 증오심이 다시 활활 타올랐다.

'내가 어렵게 얻은 행복을 쉽게 차지하는 건 그냥 못 보지.'

눈앞에서 새로운 목표물을 정한 남성신은 일단 축하하는 척 박수를 쳐줬다. 그러고는 뒤쪽의 갤리로 가는 그녀의 모습을 눈여겨봤다. 일단 잠을 자는 척 안대로 눈을 가린 채 생각에 잠겼다. 일단 청혼을 받은 한국인 스튜어디스의 이름부터 파악해야만 했다. 대놓고 물어볼 수는 없는 노릇이라 타이밍을 노렸다. 이제부터는 눈에 띄지 않는 존재가 되어야 했기 때문에 청혼을 한 마이클이라는 외국인과도 눈을 마주치지 않았다. 그러다가 적당한 순간을 찾았다. 또 다른 한국인 스튜어디스가 서빙을 하러 비즈니스 클래스에 들어온 것이다. 커다란 눈망울을 가진 그녀의 가슴에는 김주애라는 영어 이름표가 적혀 있었다. 남성신은 특유의 푸근한 미소를 지으면서 그녀를 바라봤다.

김주애가 살짝 몸을 굽힌 채 물었다. "뭘 도와드릴까요?"

"아니, 그냥 궁금해서 그런 건데 아까 청혼받은 아가씨도 한국 사람이죠?"

"네, 유혜린이라고 제 동료예요. 이제는 아니겠지만요."

부러움이 살짝 깃든 대답을 들은 남성신이 좋겠다는 말을 연신 되뇌면서 물었다.

"청혼한 남자분이 엄청 부자인 거 같은데?"

"그럼요. 한국이랑 네덜란드가 합작해서 세운 큰 반도체 공장 사장이래요."

"어머나, 혜린이라는 아가씨는 이제 팔자가 폈네."

"아주 활짝 폈죠. 재가 집안이 어려운 걸로 아는데 이제는 고생 끝이죠, 뭐."

"아무튼 궁금했어요. 고마워요."

"네."

김주애와의 대화를 마친 그녀는 다시 안대를 끼고 생각에 잠겼다. 인천국제공항에 도착해서 먼저 흥신소에 연락한 후 유혜린에 대한 정보를 알아낼 생각이었다. 그리고 그녀가 사는 지역으로 이사를 가서 조금씩 안면을 트면서 약점을 찾아볼 계획이었다. 이전에 그랬던 것처럼 엄청나게 오랜 시간과 노력이 들어갈 게 뻔했지만 싫지 않았다. 행복한 삶만 남았다고 생각하던 상대방을 파괴하고 절망에 빠뜨리는 것에서 오는 쾌감과 짜릿함, 그리고 만족감은 아무리 많은 돈과 시간이 든다고 해도 아깝지 않은 투자였기 때문이다. 안대를 쓴 채 생각에 잠겨 있던 그녀의 귀에 영어 방송이 들렸다. 인천에어포트 투 아워 어쩌고 하는 걸 보면 도착 시간이 두 시간 남았다는 것 같았다. 안대를 벗은 그녀는 창가를 내려다봤다. 어두운 바다 한쪽에 육지의 불빛들이 반딧불처럼 반짝거렸다. 머릿속에서 이미 유혜린을 파멸시킨 남성신은 흐뭇한 미소를 지으며 창밖을 바라봤다.

비행기가 인천공항에 착륙하고 유혜린에게 청혼을 한 마이클이라는 외국인은 주변의 축하를 받으며 짐칸에서 꺼낸 가방을 가지고 출입문으로 나갔다. 남성신 역시 가방을 챙겨서 출입문 밖으로 나와서 탑승교를 걸어갔다. 그리고 자연스럽게 마이클의 뒤를 따랐다. 수하물이 나오는 컨베이어 벨트 앞에서 기다렸다가 은색 캐리어를 꺼낸 그는 천천히 게이트로 나갔다. 남성신 역시 핸드백을 둘러멘 채 뒤를 따랐다. 공항으로 나온 그는 가까운 카페에 가서 커피를 한 잔 시키고 캐리어에서 꺼낸 노트북으로 일을 했다. 남성신은 근처에 있는 의자에 앉아서 마이클을 바라봤다. 30분쯤 지나고, 뒤쪽에서 다급한 발소리가 들렸다. 누구인지 금방 알아차린 남성신은 뒤도 돌아보지 않고 마이클을 응시했다. 그녀의 예상대로 옷을 갈아입은 유혜린이 마이클에게 달려갔다. 노트북을 접은 마이클이 유혜린을 사랑스러운 눈길로 바라봤다. 그사이에 남성신은 휴대폰으로 마이클에 대해서 검색했다. 김주애라는 승무원의 말대로 대한민국과 네덜란드가 합작해서 설립한 대규모 반도체 공장의 대표로 내정되어 있었다. 전 세계에서 손꼽히는 반도체 관련 전문가라서 많은 인터뷰 기사가 있었고, 전 현직 대통령과 서울 시장, 국회의장과 악수하는 사진들도 어렵지 않게 찾았다. 반도체 공장은 서울의 남부와 가까운 경기도에 새로 조성된 신도시인 월령시 근처에 만들어지고 있다는 뉴스까지 확인할 즈음 두 사람이 일어났다. 팔짱을 낀 두 사람은 행복하게 서로를 바라보며 걸어갔다. 눈에 띄지 않도록 딴 곳을 쳐다보던 남성신은 턱을 쓰다듬으며 중얼거렸다.

"혹시나 얼굴을 알아볼지 모르니까 성형 수술을 한 번 더 받아야겠네."

후유증이 살짝 걱정되긴 했지만 새로운 먹잇감을 찾았다는 기대감이 더 큰 탓에 결심하는 데 크게 어렵지는 않았다. 앞으로 할 일을 생각하던 그녀는 의자에서 일어나면서 휴대폰으로 전화를 걸었다. 잠시 후, 낯익은 목소리가 휴대폰 너머에서 들려왔다.

"아이고, 남 사장님 아니십니까? 여행 가신다면서요?"

"돌아왔어요. 지금 공항인데 일을 하나 더 맡기려고요."

"남 사장님 일이라면 제가 밤낮으로 뛰어야지요. 그래, 이번에는 누굽니까?"

"유혜린이요. 홍콩 에어원 항공사 소속 한국인 승무원이에요."

"일단 신상부터 파악할까요?"

"네, 알아낼 수 있는 건 전부 다요."

"물론이죠. 한번 싹 돌린 다음에 연락드리겠습니다."

"휴대폰 바꾸고 며칠 안에 전화드릴게요."

"착수금은 지난번 알려드린 계좌로 부탁드립니다."

"알았어요."

전화를 끊은 남성신은 바로 지난번 수술을 한 성형외과에 전화를 걸어서 상담을 예약했다. 통화를 끝낸 그녀는 휴대폰에서 유심을 뽑아내서 으스러뜨린 다음에 쓰레기통에 넣었다. 그리고 게이트 밖으로 나가서 택시 정류장으로 향했다. 택시에 올라탄 그녀는 미리 예약한 호텔의 이름을 얘기한 뒤, 의자에 몸을 기댔다. 차가 경쾌한 배기음을 내며 출발했다.

현재

진실에 다가가다

납골당에서 돌아온 유혜린은 회식을 하고 돌아올 남편을 위해 세나와 함께 해장국을 끓였다. 하지만 내내 아까 낮에 본 풍경이 떠올랐다.

'배유정은 왜 송미애와 함께 송창래의 납골당을 간 걸까?'

의문은 허연수가 보내온 문자로 인해 잠시 밀려났다. 허연수가 보낸 배유정의 출입국 기록을 본 유혜린은 눈살을 찌푸렸다.

"인도라고?"

날짜는 유혜린과 남성신이 원장과 함께 인도로 요가 수련을 하러 간 다음 날이었다. 그리고 남성신이 차문디 힐에서 죽은 다음 날 한국으로 귀국했다. 허연수가 그녀의 카드 사용기록까지 확인해줬는데 방갈로르공항과 마이소르에서 사용한 흔적이 있었다.

따라온다는 얘기도 없이 온 것도 그렇고 한 번도 일행 앞에 모습을 비추지 않은 것도 이상했다. 배유정을 만나서 추궁할까 생각해 봤지만 발뺌을 하거나 어떻게 알아냈느냐고 따지면 오히려 대응할 방법이 없었다. 배유정이 왜 몰래 인도로 따라왔고, 무엇을 했는지 확인해봐야 할 거 같았다.

그러다 문득 한 가지 생각이 떠올랐다.

"차문디 힐에 올라왔을까?"

명확한 증거는 없었지만 배유정이 몰래 인도로 따라왔다면 목적이 있었을 것이다. 어쩐지 그게 남성신의 죽음과 연관되어 있을 것 같았다. 이따가 방법을 찾아봐야겠다고 생각한 찰나, 인터폰이 울렸다. 남편을 태운 차가 지하 주차장에 도착한 것 같았다. 세나가 능숙하게 반찬들을 작은 접시에 담아서 식탁 위에 올려놨다. 유혜린은 인덕션의 불을 끄고 부글부글 끓는 콩나물 해장국이 담긴 냄비를 식탁으로 옮겼다. 밥솥에서 밥을 퍼서 밥그릇에 담을 즈음 현관문이 열렸다. 가방을 든 남편이 살짝 비틀거리며 들어오면서 활짝 웃어 보였다.

식사를 마치고 잠든 남편 옆에 누워 있던 유혜린은 조심스럽게 일어나서 서재로 향했다. 방이 여러 개라서 서재 겸 책을 읽을 수 있는 공간도 각자 따로 있었다. 조심스럽게 문을 열고 들어간 유혜린은 불을 켜고 책상에 앉았다. 그리고 컴퓨터를 켜고 잠깐 생각에 잠겼다. 맞는 방법일지 아닐지, 그리고 찾는다는 보장이 없는 방식이었지만 해보기로 했다. 화면이 켜지자 유혜린은 SNS에 차문디 힐로 태그를 걸어서 나오는 게시물들을 전부 확인해보기 시작했다. '참 바보 같은 짓이긴 하지.'

아무리 생각해도 실소가 나올 만한 일이었지만 이렇게라도 하지 않으면 궁금증이 풀리지 않을 것 같았다. 아파트 단지 놀이터에서는 계속 까만 마스크 귀신이 나타나는데 경비팀에서는 뾰족한 대책을 내놓지 못해서 입주민들의 신경도 날카로워진 상태였다. 심지어 시위를 하자는 얘기까지 나오고 있었다. 안팎으로 어수선한 상황이라 돌파구가 필요했다. 처음에는 마구잡이로 찾다가 금방 지치고 말았다. 하지만 다시 기운을 내서 찾아봤다. 결국 새벽이 다 지나갈 즈음에 찾았다. 인도인 가족이 올린 틱톡 영상의 배경에 아주 짧은 순간이지만 배유정이 지나가는 게 보였다.

"맙소사."

정지된 화면을 계속 들여다보던 유혜린은 한숨을 내쉬었다. 그녀는 왜 몰래 인도로 가서 차문디 힐을 올랐던 것일까? 어제 송미애와 함께 그의 오빠인 송창래의 납골당을 방문한 것도 이상했다. 머리가 복잡해진 유혜린은 한 손으로 관자놀이를 꾹 누르면서 중얼거렸다.

"거미줄처럼 얽혀 있네. 어떻게 풀어내지?"

머리가 아파진 유혜린은 습관처럼 휴대폰을 들여다봤다. 그사이에 아파트 분위기는 더 나빠져서 드디어 내일 입주민들이 경비실 앞에 가서 시위를 벌이기로 했다. 낮에 경비실 앞에 모이자는 댓글들이 주르륵 올라와 있었다. 내용을 읽다 보니까 곧 있을 아파트 입주민 협의회 회장 선거와도 엮어서 온갖 내용들이 올라왔다. 현재 입주민 협의회 회장과 오 팀장은 사이가 나빠서 연임이 결정되면 해고될 가능성이 높았다. 반면, 선거에 출마한 다른 회장 후보와는 사이가 좋아서 만약 그가 당선된다면 자리를 유지할 수 있어서 오 팀장이 논란거리를 방치한다는 내용이었다. 여러 가지 복잡한 얘기들이 오가는 카톡들을 손가락으로 대충 넘기던 유혜린은 경비실에서 오 팀장과 만났을 때의 모습이 떠올랐다. 그리고 뒤이어 허연수와 나눈 대화 내용이 기억났다.

"설마?"

두 가지 문제를 해결할 실마리가 떠오르자 유혜린은 갑자기 기분이 나아졌다. 하지만 그러면서도 이해가 가지 않았다. 필요한 정보들을 저장한 유혜린은 컴퓨터를 끄고 도로 침실로 돌아갔다. 그리고 여전히 잠을 자고 있는 마이클의 옆에 조용히 누워서 잠을 청했다.

아침에 출근하는 마이클을 배웅한 유혜린은 곧장 허연수에게 전화를 걸었다. 하지만 아침 일찍이라 그런지 전화를 받지 않았다. 깨어나면 연락하라는 메시지를 남긴 유혜린은 창가에 매트를 펴놓고 요가를 하면서 전화를 기다렸다. 10시에서 11시 넘어가는 시간에 휴대폰이 울렸고, 유혜린은 곧장 받았다. 전화기 너머 허연수의 감탄사 섞인 목소리가 들렸다.

— 와! 어떻게 바로 받으세요?

— 기다리고 있었으니까요.

— 죄송해요. 어제 늦게까지 일을 해서요.

— 괜찮아요. 지난번에 까만 마스크 귀신이 나타난 영상을 경비팀에서 직접 지웠다고 했죠?

— 네, 로그인을 해서 직접 지웠는데 그런 권한을 가진 사람은.

유혜린이 허연수의 말을 가로챘다.

— 오 팀장이죠. 그런데 그 사람 컴맹이에요.

— 컴맹이요? 그걸 어떻게?

— 지난번에 만나러 갔을 때 로그인을 못 해서 부하 직원이 해주는 걸 봤어요.

— 진짜요? 영상을 깔끔하게 지우는 건 어느 정도 컴퓨터를 다룰 줄 알아야 해요.

— 그러면 오 팀장은 아니에요. 내 앞에서 로그인을 못하는 걸 드러냈으니까요. 만약 뭔가 숨기고 싶었다면 그 모습을 나한테 보

여주지는 않았겠죠.

— 저도 같은 생각입니다. 그러면 오 팀장의 로그인 기록은 전부 다른 사람이 한 거네요.

— 맞아요. 사무실에 있던 직원이 해주는 걸 봤는데 계속해주는 건지 아닌지 모르겠어요.

— 아마 같은 사람이 쭉 했을 거예요. 보통 한 사람한테 맡기거든요. 귀찮기도 하고 보안 이슈도 있으니까요.

— 그렇다면 그 사람이 영상을 조작했을까요? 아니면 오 팀장의 지시를 받았을까요?

— 저도 그게 궁금한데 확인할 방법이 있긴 해요.

— 어떻게요?

— 두 사람을 분리시킨 상태로 만드는 거예요. 그리고 손을 대야만 하는 상황을 만들면 쉽게 알 수 있죠.

잠깐 고민하던 유혜린은 금방 알아차렸다.

— 아! 그러니까 오 팀장이 컴퓨터에 없는 상태로, 로그인을 하도록 만드는 상황을 유도하면 된다는 뜻이군요.

— 정답입니다. 역시 똑똑하시네요.

방법을 고민하던 유혜린은 아까 새벽에 봤던 입주민들의 카톡들을 떠올렸다.

— 내일 오후에 입주민들이 경비실 앞에서 시위를 벌일 거예요. 그때, 아마 오 팀장이 나와야 할 거예요.

— 그러면 그때 로그인을 하게 만들면 되겠군요. 로그인이 되면 다른 사람이 한 거고, 그게 아니면 오 팀장이 직접 한 거고요.

— 맞아요. 가능해요?

— 몇 시라고 했죠?

— 오후 2시 시작이고 언제 나올지는 모르겠어요.

— 일단 대기하고 있을게요. 알려주시면 방화벽을 뚫고 들어가서 흔적을 남겨놓을게요. 그러면 정확하게 알 수 있어요.

— 알겠어요. 그걸 확인하면 오 팀장이 까만 마스크 귀신이 나오는 영상을 지우라고 지시했는지 아닌지 알 수 있겠네요. 그걸 추궁하면 나한테 화분을 떨어뜨린 까만 마스크 귀신 정체도 알 수 있을 거고요.

— 한 걸음 다가가는 거죠.

옆에 있는 강라혜와 얘기를 나누는지 잠깐 뜸을 들인 허연수가 잠시 후 덧붙였다.

— 라혜가 그러는데 아예 거기로 가자고 하네요. 시간차가 생길

수도 있고 현장에서 돌발 변수가 생길 수도 있어서요.

— 알겠어요. 2시까지 공중 복도 있는 광장으로 오세요. 그런데 너무 눈에 띄게 하고 오면 곤란해요.

— 알겠습니다. 걱정 마세요.

통화를 끝내려던 허연수에게 그녀가 말했다.

— 그리고 영상 하나를 보내줄게요. 뭘 좀 찾아봐주세요.

— 알겠습니다.

— 내가 다니는 요가학원 강사 배유정 씨도 좀 조사해주세요.

— 개인정보 말씀이시죠. 그건 오래 걸리지 않을 겁니다. 내일 뵐 때까지 보고드릴게요.

통화를 끝낸 유혜린은 요가를 마쳤다. 창밖으로 새들이 무리 지어 날아가는 게 보였다. 문득, 새처럼 자유롭고 싶어서 항공사 승무원을 지원했던 기억이 떠올랐다. 다시 지상으로 내려오게 되었다는 사실을 깨달았지만 그나마 높은 곳에 살고 있다는 생각에 잠깐 위안을 얻었다. 요가를 마치고 세나가 챙겨준 샐러드로 요기를 마쳤다. 그리고 서재에서 지금까지 벌어진 일들을 하나하나 정리해봤다. 작년에 아파트 입주민 협의회에서 초대해 강연한 작가가 알려준 대로 포스트잇에 정리한 내용들을 붙여서 살펴보고 가능성이 없는 것들을 떼어서 버렸다. 차와 간식을 가지고 들어온 세나가 바닥에 어지럽게 떨어진 포스트잇을 보고 깜짝 놀랐다.

"이게 뭐예요?"

"괜찮아. 내가 치울 테니까 그냥 놔둬."

세나가 바닥에 구겨진 포스트잇을 피해 컴퓨터가 있는 책상에 차와 간식을 놓고 나갔다. 문이 닫히고 유혜린은 다시 포스트잇을 붙이고 떼는 일을 했다. 중간에 허연수에게 연락이 왔는데 뜻밖의 내용을 전해주었다. 직접 가서 확인해보겠다는 말에 유혜린은 알겠다고 말하고 새롭게 안 내용을 적어서 벽에 붙였다. 그리고 고개를 갸웃거렸다.

"고아라고."

마이클이 퇴근할 즈음까지 고민하던 그녀는 시계를 보고 바닥의 포스트잇을 정리한 다음 밖으로 나왔다. 퇴근한 마이클은 미리 차려진 저녁을 먹으며 유혜린에게 물었다.

"요즘 새로운 취미가 생겼나 봐?"

"어, 그러니까 일종의 탐정 놀이죠."

가만히 고개를 끄덕거린 마이클이 대답했다.

"지난번 화분 추락 건 조사 중이야?"

"누가 떨어뜨렸는지 정말 궁금해서요."

"찾으면 나한테도 알려줘."

유혜린이 물었다. "왜요?"

"미국이었으면 권총으로 머리를 날려버릴 텐데, 그럴 수는 없으니까 펀치 한 대 날리려고."

주먹을 쥔 마이클이 장난스럽게 웃으며 말하자 하루 종일 머리가 아팠던 유혜린은 기분이 좋아졌다.

다음 날, 남편인 마이클이 출근하고 요가로 몸을 푼 그녀는 샤워를 마치고 간단하게 화장을 하고 후드 티와 청바지를 입었다. 그리고 핸드백을 챙겨서 밖으로 나갔다. 어디 가시느냐는 세나의 물음에 경비실 앞에 시위하러 갔다 온다는 말을 남긴 유혜린은 엘리베이터를 타고 아래로 내려갔다. 2시가 되자 원형 광장에는 입주민들이 모이기 시작했다. 플래카드나 LED로 된 촛불을 들고 온 입주민도 보였다. 대부분은 여성들이고 안면이 있어서 그런지 삼삼오오 모여서 경비실 앞에 섰다. 미리 시위가 공지되었기 때문에 경비실 앞에는 경비원들이 서 있었지만 서로 충돌하는 분위기는 아니었다. 시위를 주도한 몇 명의 입주민들이 앞장서서 구호를 외치고 나머지 입주민들이 어영부영 따라하는 느슨한 분위기로 시작되었다. 그러다가 시간이 흐르고 입주민들 사이에서 불만이 터져나왔다.

"아니, 우리가 이렇게 나오면 경비 팀장이 얼굴은 비춰야 하는 거 아니야!"

다들 옳소라는 말이 이어지자 지켜보던 경비원이 무전을 하는 게 보였다. 뒤쪽을 살펴보던 유혜린의 눈에 어색하게 붙어 있는 허연수와 강라혜가 보였다. 신신당부한 대로 둘 다 큼지막한 외투를 입고 모자를 써서 눈에 띄지는 않았다. 시위대의 목소리가 높아지자 마침내 오 팀장이 모습을 드러냈다. 모자를 벗고 깊이 고개를 숙인 오 팀장이 심려를 끼쳐 죄송하다고 말하면서 얘기를 했다. 힐끔 뒤쪽을 다시 보자 허연수가 노트북을 꺼내놓고 열심히 키보드를 두드렸다. 유혜린은 양쪽을 번갈아 바라보면서 진행 과정을 초조하게 지켜봤다. 그러다가 어느 정도 분위기가 누그러졌다고 생각했는지 오 팀장이 돌아서려는 기미를 보였다. 허연수는 여전히 열심히 키보드를 두드리면서 다급하게 고개를 저었다. 유혜린은 반사적으로 앞으로 나가며 외쳤다.

"제대로 해명도 안 하고 어딜 들어가신다는 거예요?"

다들 갑자기 튀어나온 유혜린을 보고 놀라는 와중에 오 팀장이 돌아섰다. 선글라스를 꼈지만 눈을 찌푸리는 게 느껴졌다. 유혜린은 오 팀장이 들어가지 못하게 계속 소리를 쳤다.

"아니, 아파트 단지가 넓은 것도 아니고, 인원이 부족한 것도 아니면서 왜 맨날 인원 타령하고 장비 타령하면서 입주민들의 요청을 무시하는 건가요? 경비팀이 입주민을 무시하는 게 아니면 이럴 수는 없어요."

유혜린이 흥분한 척 쏘아붙이자 잠잠해지던 시위대의 기세가 다시 불붙었다. 해명하라는 아우성이 높아지자 오 팀장이 난감한 표정을 지었다. 그러다가 누군가 외쳤다.

"다음 입주민 협의회 선거 때문에 그러는 겁니까?"

그러자 오 팀장이 살벌한 반응을 보였다. 갑자기 허리에 손을 대고 모욕하지 말라며 소리를 질렀다. 하지만 그런 반응 때문에 오히려 입주민들이 흥분하고 말았다. 거리가 좁혀지고 서로 삿대질을 하게 되면서 중간에 있던 경비원들이 끼어들었다. 그 와중에 뒤를 돌아본 유혜린의 눈에 허연수가 한 손을 높이 들고 OK 사인을 보내는 게 보였다. 유혜린은 갑자기 앞으로 나가서 오 팀장의 팔을 잡았다. 다들 놀라는 와중에 유혜린이 오 팀장에게 말했다.

"지금 사무실에 누구 있어요?"

"네? 그게 무슨 얘깁니까?"

"설명할 시간 없어요. 지금 팀장님 사무실에 누가 있죠?"

"그, 그거야 범희가 있죠."

오 팀장의 대답을 들은 유혜린이 깊이 숨을 들이쉬며 말했다.

"그 사람 때문에 오 팀장님이 의심받고 있는 일이 있어요. 같이 잡으러 가요."

"아니, 그게 무슨."

유혜린이 어쩔 줄 몰라 하는 오 팀장의 팔을 붙잡고는 입주민들에게 말했다.

"여러분, 아무래도 안 되겠어요. 경비실을 점거하고 농성을 해서 본때를 보여줍시다."

유혜린의 선동 아닌 선동에 흥분한 입주민들이 우르르 경비실로 들어갔다. 그러자 오 팀장이 막으라고 소리쳤지만 경비원들은 두 손을 든 채 뒤로 물러났다. 안으로 들어간 유혜린은 어리둥절해하는 직원들을 지나 팀장실로 향했다. 문을 벌컥 열자 팀장의 책상에 앉아서 모니터를 들여다보던 안경 쓴 직원이 보였다.

"무슨 일이시죠?"

의외로 침착한 상대방에게 유혜린이 물었다.

"왜 팀장님 아이디로 로그인해서 영상을 지웠어요?"

"무슨 말씀이신지 잘 모르겠는데요."

"그럼 거기서 그대로 손 떼고 뒤로 물러나요." 모니터를 가리킨 유혜린이 덧붙였다. "경찰에 신고해서 조사할 거니까요."

안경 쓴 직원은 어처구니없다는 듯 코웃음을 치더니 키보드를 갑자기 두드렸다.

"손 떼라고요!"

유혜린의 거센 외침에 안경 쓴 직원은 돌연히 손을 떼더니 입구를 향해 돌진했다. 놀란 유혜린이 옆으로 물러나자 쏜살같이 지나간 그는 입구로 뛰었다. 서로 엉켜 있던 입주민 시위대와 경비원들이 놀라서 지켜보는 와중에 유혜린이 외쳤다.

"재, 잡아요!"

하지만 상황을 이해하지 못한 사람들은 그냥 지켜보기만 했다. 심지어 입구에 있던 오 팀장 역시 어디 가느냐는 말만 했을 뿐 막지 못했다. 광장으로 뛰쳐나간 안경 쓴 직원이 돌아서서 히죽 웃었다. 마치 잡을 테면 잡아보라는 놀림 같았다. 하지만 뒤돌아보느라 거대한 재앙이 닥쳐오는 걸 느끼지 못했다. 곧장 달려온 강라혜가 날아차기로 등 뒤를 걷어찬 것이다. 숨넘어가는 비명과 함께 앞으로 꼬꾸라진 안경 쓴 직원은 곧장 강라혜에게 암 바가 걸리고 말았다. 팔이 확 꺾인 그가 살려달라고 비명을 질렀다. 그사이에 허연수는 노트북을 들고 곧장 경비실 안으로 들어갔다.

갑작스러운 돌발 상황에 오 팀장이 선글라스를 벗으며 물었다.

"무슨 일입니까?"

유혜린은 그런 오 팀장을 째려봤다.

"참, 빨리도 물어보시네요."

난장판은 누군가 부른 경찰이 도착하면서 막을 내렸다. 강라혜에게 실컷 두들겨 맞은 안경 쓴 직원은 그 와중에 도망치려다가 또 붙잡혀서 발목이 꺾였다. 그걸 본 경찰이 강라혜에게 테이저건을 쏘려고 했다. 하지만 경비실 안에서 나온 허연수가 외치는 소리에 멈추고 말았다.

"그 새끼 잡아요. 블레이드예요."

어리둥절해하던 경찰 중 한 명이 외쳤다.

"그 해커!"

"맞아요. 1계급 특진이 걸린 놈이요."

경찰들이 안경 쓴 직원을 붙잡아서 일으켰다. 안경이 코끝에 걸린 블레이드가 소리쳤다.

"증거 있어? 증거 있냐고!"

그런 블레이드에게 다가간 허연수가 스티커가 덕지덕지 붙은 노트북을 들이대면서 말했다.

"팀장실에 CCTV가 하나 있는 거 몰랐지. 거기에 영상 다 찍혔어. 로그 기록도 다 다운받았고."

허연수의 대답을 들은 블레이드는 낙담하는 표정을 짓더니 방심한 경찰들을 뿌리치고 도망치려고 했다. 하지만 얼마 가지 못하고 유혜린에게 붙잡혔다. 유혜린은 블레이드의 팔을 잡고 그대로 업어치기를 했다. 바닥에 쿵 소리를 내고 떨어진 블레이드는 그대로 쭉 뻗었다. 오 팀장을 비롯한 주변 사람들이 모두 놀란 가운데 강라혜가 입을 열었다.

"유도는 어디서 배우셨어요?"

"승무원일 때, 치한 대비용으로 배웠어요."

"10점 만점에 10점 드릴게요. 완벽했어요."

경찰들이 축 늘어진 블레이드를 일으켜서 수갑을 채우고 경찰차 뒷좌석에 태웠다. 그사이에 허연수는 노트북을 경찰들에게 보여주면서 상황을 설명했다. 오 팀장은 어안이 벙벙한 모습 그대로 지켜봤다. 입주민들도 마찬가지로 아무 말도 하지 못하고 유혜린을 쳐다봤다. 갑자기 주목 아닌 주목을 받게 된 유혜린은 민망해져서 시선을 다른 곳으로 돌렸다. 그러다가 공중 복도에서 내려다 보는 버터플라이 요가학원 김해님 원장과 눈이 마주쳤다. 난간에 기댄 채 지켜보던 원장은 딴청을 피우며 천천히 돌아섰다. 지켜보며 서 있던 유혜린에게 노트북을 낀 허연수가 다가왔다.

"저희가 흥미로워하실 만한 정보를 알아냈어요."

"뭔데요?"

"다니시는 요가학원 있잖아요. 버터플라이?"

"맞아요. 무슨 정보죠?"

유혜린이 시선을 돌려서 쳐다보자 허연수가 노트북을 마치 악어의 입처럼 벌렸다. 거기에 적힌 내용을 본 유혜린은 어이가 없었다. 그리고 며칠 전부터 궁금해했던 의문 한 가지를 풀 수 있었다.

과거

쉽지 않은 목표

“쉽지 않네.”

남성신은 요가를 하며 중얼거렸다. 저쪽에서는 유혜린이 우아하게 요가를 하는 중이었다. 홍신소를 통해 유혜린에 대한 정보를 확인하는 건 어렵지 않았다. 하지만 진짜 문제는 그다음이었다. 접근할 방법이 없었다. 첫 번째 목표인 한미영을 비롯해서 대부분은 중산층이거나 가난했기 때문에 비교적 접근이 쉬웠다. 하지만 유혜린은 마이클과 결혼을 하면서 일반인들이 들어가기 어려운 고급 아파트인 그린우드에 살고 있어서 접근 자체가 어려웠다. 결국 부동산에 웃돈을 줘서 아파트에 입주하는 데 성공했다. 문제는 빌어먹을 시누이가 자신을 찾아내는 타이밍이 점점 빨라진다는 점이었다. 예전에는 일을 다 끝낸 다음에야 찾아오곤 했는데 최근에는 굉장히 빨라져서 마지막에는 덜미가 잡힐 뻔했다. 이름도 바꾸고 성형수술도 여러 번 해서 예전 한정숙의 흔적은 찾아볼 수 없었지만 여전히 불안했다. 그래서 흥신소에 부탁해서 시누이를 처리하려고 했는데 시어머니만 죽이고 말았다. 악에 받쳐서 자신을 쫓는 시누이를 생각하면 머리가 아파왔다. 그래서 포기할까도 생각해봤지만 그럴 수는 없었다. 힘들고 어려운 목표일수록 더욱더 탐이 났다. 거기다 유혜린은 부자 남편을 만나 단번에 신분이 상승했기 때문에 더욱더 파멸로 몰아넣고 싶었다. 그래서 천천히 유혜린에게 다가갔다. 여기까지는 항상 희생자들 근처로 잠식해가는 이전 방식과 잘 맞았다. 그런데 거기서부터 벽에 부딪혔다. 유혜린에게 빈틈이 보이지 않았기 때문이다. 가족들과 거의 왕래가 없어서 이간질을 시킬 수가 없었고, 그린우드 아파트에서도 최상층인 76층에 살면서 친구들이 별로 없었다. 그나마 요가학원에 다니는 걸 알아서 등록해 안면을 트는 데까지 1년이 넘게 걸렸다. 문제는 또 있었다. 유혜린이 왠지 자신을 싫어하는 것 같았다. 정확하게는 자신의 정체와 의도를 정확하게 알아챈 느낌이었다. 지금까지는 목표로 삼은 희생자가 자신의 접근을 거부한 적이 없었기 때문에 적잖게 당황스러웠다. 그런 상황에 닥치자 남성신은 자기도 모르게 그녀를 흉보고 욕하고 다녔다. 유혜린을 싫어한 사람들이 은근히 있었기 때문에 정신을 차려보니까 어느덧 나서서 그녀를 싫어하고 험담하고 다니는 모양새가 되어버렸다. 유혜린도 분명 알고 있는 것 같았지만 얄밉게 티를 내지 않았다. 그러면서 남성신은 더욱더 초조해졌다. 이런 상황을 원하지는 않았는데 어느 순간에 여기까지 온 것이었다. 뒤늦게 정신을 차리고 방향을 바꿔보려고 했지만 그것도 쉬운 일이 아니었다.

고민하면서 시간은 속절없이 흘러갔다. 이러다가 시누이가 나타나는 게 아닌지 하는 공포감이 서서히 들었다. 예전처럼 다시 도망치면 되긴 했지만 수십억을 들여서 구매한 그린우드 아파트에 발목이 잡힐 것 같았다. 고민하던 그녀는 계속 멀리 떨어져 있는 유혜린을 바라봤다. 그러자 반드시 파멸시켜서 행복한 삶을 무너뜨리고 말겠다는 새로운 의욕이 생겨났다. 그러면서 남성신은 한 가지 결심을 했다. 요가를 마친 그녀는 주변에 모인 패거리들과 짧게 얘기를 나누고는 특별반 수업이 있는 곳으로 들어갔다. 요가학원 한쪽에 파티션과 접이식 문을 달아서 일반 회원들과 분리시킨 공간이다. 더럽게 비싼 수강료보다 더 많은 돈을 내야만 수업을 들을 수 있는 곳이다.

'웃기게 여기서도 계급이 갈리네.'

서울 강남과 청담동 부자들보다 더 부자들이라는 이곳 입주민들 사이에서도 계급이 나뉘어 있었다. 층이 높아질수록 거주 공간의 면적이 커지고 비싸지기 때문이었다. 유혜린은 펜트하우스를 제외한 가장 높은 층인 76층에 살고 있었다. 최상위층인 셈이다. 그래서 특별반 클래스 수업을 들었다. 하지만 가끔은 일반 클래스에 섞여서 수업을 듣곤 했다. 요가학원 원장은 그녀에게 간이라도 빼줄 것처럼 굴었다. 심지어 그녀에게 요가 수업을 하라고 요청했다는 소문까지 돌았다. 결국 유혜린과 가까워지기 위해서는 특별반 수업을 들어야만 했다. 이런저런 생각을 하면서 안으로 들어가자 혼자서 몸을 풀고 있던 요가 강사 배유정이 놀란 눈으로 올려다봤다.

"왜? 내가 못 올 곳이라도 온 거야?"

남성신의 물음에 배유정은 어색하게 웃었다.

"그런 건 아닌데 여긴 골드 클래스 수업을 하는 곳이라서요."

"나도 골드 클래스에 들어가려고."

"아, 그건 원장님이랑 얘기하세요."

어색하게 웃는 배유정에게 남성신이 쐐기를 박듯 물었다.

"그게 아니라 유정 씨한테 부탁해서 들어가고 싶은데."

"저는 그냥 요가 강사예요. 수업과 관련된 건 원장님이랑 상의해주세요."

"그러면 원장님이랑 상의하면서 자기 경력 문제도 같이 얘기해볼까?"

"네?"

차분하던 배유정의 목소리가 당장 높아지는 걸 들은 남성신은 회심의 미소를 지었다. 그녀가 고용한 흥신소에서 유혜린을 흔들 만한 약점은 찾지 못했지만 배유정이 내세운 경력이 상당수 가짜라는 것을 알려줬다. 심지어 자격증도 없는 상태였다. 그녀가 인도 요가 강습을 다녀온 적도 없고, 강남의 유명한 요가학원에서 클래스를 진행한 적도 없다는 것을 확인한 남성신은 며칠 동안 그 약점을 어떻게 써먹을지 고민했다. 그러다가 일단 부딪혀보기로 했다. 세뇌와 회유가 가장 좋은 방법이지만 그게 먹히지 않을 때는 협박도 한 가지 방법이었다. 예상대로 배유정이 당황한 표정을 지었다.

남성신은 은근한 목소리로 말했다. "내가 강남에 있는 그 요가 학원에 아는 사람이 있어서 물어봤는데 유정 씨가 특별 클래스를 진행한 적은 없다고 하던데?"

"무슨 말씀이세요? 그 친구분이 누군데요?"

발끈한 배유정에게 바짝 얼굴을 들이댄 남성신이 속삭이듯 말했다. "자격증도 없는 것 같던데?"

남성신이 계속 파고들며 얘기하자 배유정의 표정은 분노에서 좌절, 그리고 자포자기로 이어졌다. 가볍게 한숨을 쉰 남성신은 고개를 옆으로 살짝 기울였다.

"하지만 난 관대한 사람이야. 어떻게든 열심히 살려는 젊은 사람 밥줄은 끊고 싶지 않아. 내 말 무슨 뜻인지 알겠어?"

잠시 고민하던 배유정은 대답 대신 고개를 끄덕거렸다. 일단 약점을 알아내서 휘어잡는 데 성공했으니 다음 단계로 넘어가야 했다. 이전이라면 공포감이 극대화될 수 있도록 며칠 동안 여유를 두었겠지만 이번에는 마음이 급해서인지 바로 본론으로 들어갔다.

"참, 소문 들었어?"

"무슨 소문이요?"

쭉 뻗은 다리를 손으로 마사지하던 배유정의 물음에 남성신은 안타깝다는 표정을 지었다.

"원장이 혜린 씨에게 클래스를 맡기려고 한다는 소문."

"듣긴 들었어요."

예상대로 배유정의 얼굴이 굳어졌다. 경력을 속이고 들어올 정도로 절박하거나 욕심이 많은 인물이 자기 밥그릇을 빼앗길 수 있다는 사실을 알면 분노하게 마련이다. 더군다나 이곳에 온 지 얼마 되지도 않았는데 위기가 닥쳐온 셈이다. 약점을 드러내기 싫어서 그런지 태연한 척했지만 속은 바짝 타들어갈 것이라는 사실은 어렵지 않게 느꼈다. 안타까운 척하면서 한숨을 쉰 남성신이 배유정을 바라봤다.

"좀 그렇다. 혜린 씨는 남편을 잘 만나서 팔자가 편 것밖에는 없잖아. 유정 씨보다 경력도 없고, 실력도 없는데 말이야."

"그래도 수강생들 중에서는 가장 나은 편이에요."

배유정의 대답을 들은 남성신은 속으로 코웃음을 쳤다. 마지막 자존심을 세우려고 하는 모습을 본 것이다. 남성신은 맞장구를 치면서 슬쩍 위기감을 불러일으켰다.

"그렇긴 한데, 수강생이랑 전문 강사랑 똑같나. 원장님이 혜린

씨를 좋아하는 건 상관없는데 너무 편애하잖아. 수강생들 사이에서도 말이 많이 나와."

정확하게는 남성신이 유혜린을 싫어하는 사람들을 모아놓은 것에 가까웠다. 사람들은 기회가 된다면 누군가를 헐뜯고 주저앉히는 데 망설이지 않았다. 남자나 여자나, 돈이 많거나 적거나에 상관없이 말이다. 배유정 역시 서서히 남성신의 말에 넘어갔다.

"그렇긴 한데, 워낙 부자잖아요."

부자라는 말을 하는 배유정의 말이 몹시 흔들렸다.

남성신이 말했다. "그렇게 부자면서 왜 유정 씨 밥그릇을 빼앗으려고 하는지 몰라. 참 나쁜 사람이야. 그치?"

마지막에 선택을 강요하는 듯한 남성신의 질문에 배유정이 마치 기다렸다는 듯 고개를 끄덕거렸다. 너무 급하게 밀어붙인 것이 아닌가 하는 걱정이 있었지만 일단 순조로웠기 때문에 계속 얘기해보기로 했다.

"내가 특별반에 들어가야 그나마 혜린 씨가 날뛰는 걸 막을 수 있지, 원장은 이미 넘어간 거 같거든."

"그렇긴 하죠. 수업 일정도 모두 그분 위주로 짜고 있으니까요. 다른 회원님들이 불만을 토로하면 전부 다 제 탓으로 돌려요."

드디어 속내를 털어놓기 시작하는 배유정을 보면서 남성신은 위험한 도박이 성공했다고 생각했다. 희생자에게 직접 접근해서 가까워지지 못하면 차선책으로 주변 인물들을 포섭해서 고립시키는 방식을 썼다. 그러면 희생자는 점점 좌절하다가 도움의 손길을 내민 남성신에게 의지하거나 아니면 그대로 파멸당했다. 유혜린이 다니는 요가학원의 강사라면 여러모로 쓸모가 있을 것 같았다. 남성신은 한발 더 나아갔다.

"어쨌든 잘 생각해봐. 혜린 씨는 남 생각을 잘 안 하는 사람이라 유정 씨 상황을 잘 모를 거야. 나 같으면 걱정했겠지만 말이야."

"말씀해주셔서 고맙습니다. 안 그래도 원장님이 요즘 이상해지신 거 같아서 걱정했거든요."

넋이 나간 것 같은 배유정의 말에 남성신은 속으로 이제 고비를 넘겼다고 생각했다. 슬슬 미끼를 당기면서 확실히 내 편으로 만들어야 할 때가 온 것이다.

"자기 초밥 좋아한다고 했지? 이따가 수업 끝나고 초밥 먹으면서 천천히 얘기해볼까? 7시지?"

"네."

"그럼 7시 20분까지 4층 초밥집으로 와. 내가 룸 예약할게."

"알겠어요. 그런데." 고개를 끄덕거린 배유정이 남성신에게 불쑥 물었다. "무슨 향수 쓰세요?"

"아! 입생로랑 리브르."

짧게 대꾸한 남성신이 문을 열고 밖으로 나갔다. 유혜린은 김해님 원장과 얘기를 나누는 중이었다. 남성신은 그사이에 포섭한 같은 편 여성들과 눈인사를 하고 모여서 이런저런 얘기를 나눴다.

깐깐한 원장이 걸림돌이긴 하지만 돈 욕심이 많은 사람이라 쉽게 넘어올 것 같았다. 유혜린은 지금까지 남성신이 점찍었던 희생자들과는 여러모로 달랐다. 얘기를 많이 나누지는 않았지만 굉장히 내성적이면서 자존감이 높고, 눈치도 빨랐다. 그래서인지 감정의 동요도 적고, 타인에 대한 배려심이 깊은 편이라서 약점을 잡기도 어려웠고, 주변 사람들 중에 그녀를 싫어하는 사람도 별로 없었다. 그동안 남성신이 포섭한 쪽은 유혜린을 무작정 미워하는 수강생들이었다. 그래서 정작 그녀에게 타격을 줄 수 없었는데 이제 쓸 만한 무기 하나를 구했다. 흡족한 표정을 지은 남성신에게 유혜린과 얘기를 나누던 원장이 다가왔다. 활짝 웃으며 다가온 그녀는 남성신 주변의 회원들과 웃으며 인사를 나눴다.

적당한 타이밍에 남성신이 말했다. "상담 좀 받고 싶은데요, 원장님."

"원장실로 갈까요? 그럼."

앞장선 원장을 따라서 원장실로 간 남성신은 문을 닫은 원장에게 바로 얘기했다.

"저도 골드 클래스에 들어가고 싶은데요."

"그건 좀……."

곤란하다는 말은 더하지 않았지만 충분히 느껴졌다.

남성신은 곧장 대답했다. "400이면 될까요? 월 회비 100만 원 석 달 치 먼저 내고 100만 원 더 얹을게요."

김해님 원장의 표정에 감출 수 없는 탐욕이 보였다. 배유정의 마음에 흠집을 냈으니 이제는 원장 차례였다. 원래는 며칠 틈을 보려고 했지만 과감하게 시도하기로 했다. 여전히 확답을 못 하는 김해님 원장에게 남성신은 원래 하려고 했던 말을 꺼냈다.

"혹시 소문 들으셨어요?"

"무슨 소문이요?"

"혜린 씨가 요가학원 차린다는 소문이요."

"무슨 말도 안 되는……."

김해님 원장은 어처구니없다는 표정으로 콧방귀를 뀌었다. 하지만 남성신은 오랜 경험으로 이런 식의 터무니없는 험담과 거짓말들이 처음에는 작지만 나중에는 굉장히 커진다는 사실을 아주 잘 알고 있었다. 남성신은 상대방의 반응을 보고는 대수롭지 않게 대꾸했다.

"때로는 모르는 게 편할 수도 있죠. 나중에 문제가 생기면 그때 해결하면 되는 거고요."

"아니, 누가 그런 소리를 해요? 혜린 씨는 돈을 벌 필요도 없는 사람이고……."

"돈을 벌려고 요가학원을 차리지는 않겠죠. 그게 더 무섭지 않으세요?"

산전수전을 다 겪은 김해님 원장은 역시 말뜻을 금방 알아차렸다. 돈에 목을 매지 않는 유혜린이 근처에 요가학원을 차린다면 정말 강력한 경쟁자가 될 게 분명했기 때문이다. 알게 모르게 배타적인 분위기로 인해서 그린우드 입주민들을 제외하고는 여기에 다니지 못했다. 그러니 한정된 인원들을 가지고 갈라 먹어야 한다는 뜻이다. 계산이 빠른 김해님 원장은 단숨에 말뜻을 알아차렸고, 심각한 표정이 되었다. 때로는 아주 작은 가능성으로도 상대방을 불안하게 만들 수 있다. 남성신은 걱정해주는 척 그녀의 손을 잡았다.

"잘 아시겠지만 혜린 씨는 속을 잘 알 수 없는 사람이잖아요. 그러니까 말이 많지 않은 편이라는 뜻이죠."

부연 설명까지 들은 김해님 원장이 살짝 고개를 끄덕거렸다. 역시 산전수전을 다 겪은 사람이라 그런지 배유정보다는 쉽게 넘어오지 않았다. 하지만 이 정도까지 예상한 남성신은 바로 다음 단계로 넘어갔다.

"그러니까 내가 혜린 씨를 감시할게요. 사실 골드 클래스 회원들만 빼가도 버터플라이는 큰 타격을 받을 거 아니에요."

"혜린 씨는 그럴 사람이 아니에요."

역시 저항의 장벽은 높았다. 하지만 균열이 생겼다는 건 명확했다. 남성신은 수긍하는 척하면서 이야기를 이어갔다.

"물론 나도 같은 생각이에요. 하지만 혜린 씨가 만약 여기서 배우는 것에 만족하지 않으면 그다음에 어떤 일이 벌어질지 아무도 모르잖아요. 혜린 씨는."

상대방을 공포에 몰아넣기 위해 일부러 말을 끊은 남성신이 모호한 표정을 지었다.

"속내를 잘 알 수 없는 사람이라."

그녀의 말은 아까 배유정만큼은 아니지만 버터플라이 요가학원의 김해님 원장의 마음을 적잖게 뒤흔들었다. 생각이 많아졌는지 눈가를 손가락으로 누른 그녀가 작은 한숨을 내쉬었다.

"까놓고 얘기해서 골드 클래스는 아무나 받지 않아요."

"알죠, 잘."

"일단 이번에 인도 갈 때 한번 슬쩍 얘기해볼게요."

"원장님이 운영하는 학원에서 진행하는 클래스잖아요. 누가 보면 지분이라도 있는 줄 알겠어요."

누구라고 이름을 말하지는 않았지만 그런 화법이 오히려 상대방을 더 자극시킬 때가 있었다. 대화는 그걸로 끝냈다. 더 이상 얘기하다가는 역효과를 볼 것 같았기 때문이다. 오랫동안 고민해왔던 문제가 한번에 풀리기 시작하자 남성신은 기분이 좋아졌다. 원장실을 나온 그녀는 샤워를 하고 옷을 갈아입은 다음 요가학원을 나왔다. 배유정과 함께 저녁을 먹을 초밥집에 전화를 해서 룸을 예약한 그녀는 콧노래를 흥얼거렸다.

'이제 어디로 갈까?'

시간은 이제 막 4시를 넘기고 있었다. 아직 저녁때까지 여유가 있어서 집에 돌아가서 한숨 잘까 생각하면서 아파트와 연결된 공중 복도를 걷던 그녀는 발걸음을 멈췄다.

"설마!"

정말 꿈에서도 보기 싫은 하얀색 승용차가 아파트 단지 입구에 서 있는 게 보였다. 그리고 거기에서 노란 머리의 중년 여성이 내렸다. 밉살스러운 시누이 송미애가 분명했다. 벌써 여기까지 쫓아왔다는 생각에 숨이 턱 막힌 남성신은 저도 모르게 뒷걸음질을 쳤다.

'어떻게 알았지?'

최대한 남의 눈에 띄지 않는 삶을 살아왔다고 자부했다. 그래서 시댁 식구들에게 한 번도 따라잡힌 적이 없었다. 그런데 이번에는 벌써 코앞까지 쫓아온 것이다. 2년이라는 시간이 지나긴 했지만 정말 큰 충격을 받고 말았다. 다행히, 그녀는 곧장 다가온 경비원에게 제지를 받았다. 차를 빼라는 지시를 받은 송미애는 몇 번 항의하다가 통하지 않자 어깨를 한번 들썩거리고는 돌아섰다. 그녀가 차를 타고 아파트 단지에서 사라질 때까지 남성신은 숨도 제대로 쉬지 못하고 지켜봤다. 손이 너무 떨려서 부서질 것 같았다. 송미애가 여기 나타났다는 얘기는 냄새를 맡았다는 뜻이었다. 공중복도에 그대로 선 채 숨을 고르던 남성신은 고민에 빠졌다.

"이대로 빠져나갈까? 아니면?"

다행히 그린우드는 입주하고 싶어 하는 사람들이 많았기 때문에 팔리는 건 큰 문제가 없었다. 다만, 그렇게 되면 2년 가까이 지켜보고 있던 목표물을 놓쳐야만 했다. 냉정해지자고 속으로 생각하면서도 자꾸만 결정의 무게가 한쪽으로 기울어졌다. 고민하던 남성신은 아까 원장이 했던 말이 떠올랐다. 지금까지 쓰던 방식은 아니었지만 단번에 끝낼 매력적인 방법이기도 했다. 잠시 서서 고민하던 그녀는 마침내 결심을 하고는 휴대폰의 텔레그램을 이용해서 흥신소에 연락했다. 가짜 유서를 만들어달라는 오더를 내리자 솜씨 좋은 해커를 준비해놨다는 답변이 곧장 돌아왔다. 요구한 금액 중의 절반을 비트코인으로 보낸 남성신은 방향을 틀어서 상가로 향했다.

"먼저 부동산에 들러서 아파트를 내놔야겠네."

아까 배유정이 무슨 향수를 쓰느냐고 물은 걸 떠올린 그녀는 백화점에도 들러야겠다고 생각했다. 마음이 급해진 그녀는 서둘러 집으로 향했다. 만반의 준비를 마친 그녀는 시간에 맞춰서 4층의 초밥집으로 향했다. 몇 번 식사를 해서 안면이 있던 식당 사장이 입구에서 반갑게 인사를 했다. 룸으로 먼저 들어간 남성신은 향수를 한번 뿌리고는 조용히 앉아서 그녀를 기다렸다. 시계가 7시 18분을 지날 즈음 입구에서 인사하는 소리가 들렸다. 그리고 잠시 후, 그녀가 있던 룸의 문이 드르륵 열렸다. 후드 티를 입은 배유정이 들어오자 남성신은 따라 들어온 사장에게 최고급 코스로 달라고 했다. 사장이 나가고 의자에 앉은 배유정에게 남성신이 아까 산 향수를 건넸다. 뜻밖의 선물을 받은 배유정의 얼굴에 미소가 피었다.

"어머, 비싼 거 아니에요?"

"잘 쓰면 되는 거지, 뭘."

향수를 만지작거리던 배유정이 목덜미에 살짝 뿌리고는 냄새가 좋다며 활짝 웃었다.

그 모습을 본 남성신이 조심스럽게 입을 열었다. "아까 원장님이랑 잠깐 얘기했는데 말이야."

"무슨 얘기요?"

아까와는 달리 적극적으로 묻는 그녀의 모습에 남성신은 일이 잘 풀린다며 속으로 좋아했다.

"혜린 씨한테 클래스를 따로 맡기려는 모양이야. 그럼 골드 클래스는 그대로 둔다고 해도 다들 거기로 갈 수 있잖아. 제일 꼭대기 층에 사는 사람이니까."

남성신의 얘기를 들은 배유정이 한숨을 내쉬었다.

"맞아요. 여긴 층수가 얼마나 높은지로 계급이 정해지잖아요. 우린 열외고요."

쓰디쓴 웃음과 함께 대답한 그녀에게 남성신이 맞장구를 쳤다.

"맞아. 거기 살아도 층수 따라 구분 짓고 따로 어울리잖아. 마치 여왕벌 같아. 그렇지?"

고개를 끄덕거린 배유정이 대답했다. "예, 여왕벌이요."

"난 자기가 딸 같아서 하는 얘기야. 이번에 인도 갔다 오면 당장이라도 혜린 씨가 맡을 클래스를 만들 수 있잖아. 원장은 혜린 씨가 요가학원을 따로 차리는 걸 막으려고 어떤 수라도 쓸 거야."

"다른 요가학원이요?"

"몰랐어? 소문 돌고 있던데."

물론 그 소문의 진원지는 바로 남성신이었다. 하지만 믿고 싶어 하는 사람들은 다들 믿는 눈치였고, 배유정 역시 자기 밥줄과 연관이 되어서 그런 건지 예민하게 반응했다.

남성신이 물었다. "이럴 때는 진짜 무슨 수를 써서라도 막아야 해. 안 그래?"

"그렇긴 한데 방법이 없잖아요."

때마침 노크하는 소리와 함께 음식들이 들어오기 시작했다. 일본식 계란찜이 앞에 놓이자 숟가락을 든 남성신이 말했다.

"자기는 인도 안 가지?"

"네, 여기서 클래스 진행해야죠."

"인도로 올래? 항공료랑 여행 경비는 내가 대줄게."

"따라오라고요?"

계란찜을 한 숟갈 떠먹은 남성신이 고개를 저었다.

"같이 움직이는 건 아니고, 따로 움직여야 해."

"왜요?"

배유정의 물음에 그녀가 대답했다.

"조용히 할 일이 있으니까."

"무슨 일이요?"

남성신은 잠깐 생각하는 척하다가 그녀를 똑바로 바라봤다.

"귀찮은 방해자를 없애고 조용한 일상을 이어가는 일."

대답을 들은 배유정의 눈동자가 몹시 흔들렸다. 하지만 곧 안정을 찾아가는 걸 보고 남성신은 가장 위험한 고비를 넘겼다고 생각했다. 천천히 얘기하자고 말한 남성신은 벨을 눌러서 사장을 부른 뒤 제일 비싼 사케를 주문했다. 그리고 여차하면 협박할 생각으로 테이블에 있던 휴대폰을 옆자리에 놓는 척하면서 녹음 버튼을 눌렀다.

현재

진실 앞에서

유혜린은 광장에서의 소란을 뒤로한 채 버터플라이 요가학원으로 향했다. 문을 열고 들어가자 낯익은 연습실들이 보였다. 다들 시위를 하러 가서 그런지 학원 안은 수강생이 한 명도 보이지 않았다. 심지어 원장도 보이지 않았고, 창가에는 배유정만 앉아서 몸을 풀고 있었다. 유혜린이 다가가자 배유정이 천천히 고개를 들었다.

"안녕하세요."

"잠깐 얘기 좀 할 수 있어요?"

그녀가 대답 대신 고개를 끄덕거리자 유혜린은 맞은편에 앉아서 똑같이 몸을 풀기 시작했다. 다리를 쭉 뻗고 숨을 몰아쉰 유혜린이 물었다.

“유정 씨, 인도 갔었지.”

“아뇨.”

아무런 감정이 담기지 않은 대답에 유혜린은 고개를 저었다.

“출입국 기록 확인했어. 그리고 차문디 힐에서 관광객이 찍은 영상에 자기가 나온 것도 봤고.”

“많은 걸 알고 계시네요.”

무덤덤한 그녀의 대꾸에 유혜린은 차분하게 대꾸했다.

“돈이 많으면 알 수 있는 게 많거든.”

그녀의 대답을 들은 배유정이 갑자기 덤벼들었다. 두 손으로 목을 조르는 그녀의 핏발 선 눈은 섬뜩해 보이기까지 했다. 다행히, 따라온 강라혜가 배유정의 목에 초크를 걸어서 떼어놨다. 배유정이 발버둥을 칠수록 강라혜의 팔은 더 단단하게 목을 옥죄었다. 유혜린이 손짓을 하자 강라혜가 팔을 풀었다. 손으로 목을 움켜쥔 채 숨을 헐떡거리던 배유정을 차분하게 바라보던 유혜린이 말했다.

“몇 가지 물어볼 게 있어. 제대로 대답 안 하면 평생 요가를 못하게 만들어줄 거야. 감방에도 보낼 거고, 나와서는 어디에 살거나 취직하든 오래 있지 못하게 만들 거고. 아니지, 어차피 감방에 꽤 오래 있어야겠구나.”

“아줌마가 뭔데 나를 감방으로 보낸다고 그래요?”

“차문디 힐에서 남성신, 아니 한정숙을 밀어서 떨어뜨린 게 너니까.”

무표정하던 그녀의 얼굴에 처음으로 균열이 생겼다. 뒤늦게 들어온 허연수를 본 유혜린이 가까이 오라는 손짓을 했다. 허연수는 눈치가 빠르게 노트북을 펼쳤다. 잠깐 노트북을 바라본 유혜린이 다시 배유정을 쳐다봤다.

"그것도 친엄마를."

배유정은 별다른 표정의 변화가 없었다. 그리고 처음으로 입을 열었다.

"인도에 간 건 맞고, 차문디 힐에 올라간 것도 사실이에요. 하지만 제가 남성신 씨를 떠밀었다는 직접적인 증거는 없잖아요."

"아! 몰랐나 본데 그 사건은 인도 경찰이 다시 재조사 중이야. 그리고 어제 영상 하나를 보내왔어."

허연수가 재빨리 화면을 넘겼다. 그러자 인도 경찰이 차문디 힐에 서서 뭔가를 열심히 떠드는 영상이 보였다. 옆에서 손이 하나 불쑥 튀어나왔는데 손에는 배유정의 사진이 들려 있었다. 사진을 본 인도 경찰이 고개를 끄덕거렸다. 밑에는 자막이 있었는데 한국인 여성의 추락사가 자살이 아니라 누군가 떠밀어 살해했다는 신고가 접수되었고, 조사 중이라는 내용이었다. 다음 화면은 인도의 TV 뉴스 아나운서가 그녀의 사진을 화면에 띄워놓고 설명하고 있었다. 그걸 본 배유정의 표정은 사색이 되었다.

"가짜 유서를 남긴 해커도 방금 체포되었어. 블레이드."

"뭐라고요?"

놀란 배유정의 물음에 유혜린은 창밖을 쳐다봤다.

"경비팀에 직원으로 일하고 있었어. 이걸 보고 등잔 밑이 어둡다고 하는 거지? 어쨌든 걔가 먼저 자백하면 너는 혼자 다 뒤집어쓰는 거야."

날카롭게 쏘아붙인 유혜린이 배유정을 쳐다봤다. 배유정은 처음에는 가만히 있다가 마치 무너지는 모래성처럼 고개를 옆으로 떨궜다.

"보육원에서 자라면서 평생 부모님을 그리워했어요. 그러다가 고등학교를 졸업하고 보육원을 나와서 힘들게 지내고 있는데 그 사람이 찾아왔어요."

"누구?"

"송미애 씨요. 그리고 저한테 제 친모가 누군지 알려주었죠. 어떻게 살아가고 있는지도요."

예상 밖의 대답에 놀란 유혜린이 쳐다보자 그녀의 말이 이어졌다.

"처음에는 믿지 않았죠. 그러자 송미애 씨가 저를 피해자들과 만나게 해줬어요. 그리고 얘기했어요. 막아야 한다고요."

"어떻게?"

"수단 방법을 가리지 말고요. 그래서."

"그것만이었어?"

유혜린의 물음에 배유정은 갑자기 발악하듯 외쳤다.

"그래, 재산이지. 엄마가 죽으면 가지고 있는 돈은 다 내 거라고 했어. 내가 힘들고 어렵게 살아가는 동안 날 버린 엄마는 넓은 집에서 부자로 살아갔지. 내가 아득바득 사는 동안 말이야. 그래서 죽였어. 있는 힘껏 떠밀어서 말이야."

배유정의 대답을 들은 유혜린이 두 사람을 바라봤다. 노트북을 들고 있던 강라혜와 휴대폰으로 배유정의 자백을 찍고 있던 허연수 모두 고개를 끄덕거렸다. 유혜린은 배유정이 송미애와 함께 죽은 송창래의 납골당을 찾은 이유도 알아차렸다. 그녀의 복수심과 부에 대한 마음을 자극해서 자신의 수단으로 삼은 것이다.

유혜린은 부들부들 떨고 있는 배유정에게 물었다. "내 머리 위에 화분을 떨어뜨린 것도 너야? 까만 마스크 귀신 분장하고?"

고개를 든 배유정이 아니라고 짤막하게 속삭였다. 그 얘기를 들은 유혜린은 크게 실망했다. 이번 사건을 조사한 가장 결정적인 이유가 그 사건이었는데 아니라는 대답을 들은 것이다.

배유정이 물었다. "감옥에 가도 재산은 물려받을 수 있는 거죠?"

배유정의 물음에 유혜린은 아무 대답도 하지 않지 않고 물끄러미 바라만 봤다. 잠시 후, 경찰들이 도착하면서 배유정을 끌고 나갔다. 넋이 나간 배유정은 계속 재산을 물려받을 수 있느냐는 질문만 해댔다. 창가에 서자 광장에 들어온 여러 대의 경찰차들이 경광등을 번쩍거렸다. 시위를 하러 나왔다가 졸지에 구경꾼이 된 입주민들이 삼삼오오 모여서 얘기를 나누거나 경찰차를 배경으로 셀카를 찍었다. 창가에 선 그녀에게 허연수가 다가왔다.

"얘기를 듣고 설마 하고 조사했는데 진짜 모녀 관계인 줄은 몰랐어요."

"살인에는 이유가 있어야 하니까, 배유정이 몰래 인도로 따라와서 차문디 힐에 온 것까지는 확인했는데 왜 그랬을까 하고 생각해 봤어. 그러다가 그 뉴스 영상을 찾아주면서 혹시나 했었어."

"보육원에서 라혜랑 같이 가서 자료를 볼 때까지도 설마 했어요. 우연의 일치라고 보기에도 애매했고요."

"송미애가 손을 쓴 거지. 원수 같은 올케를 딸의 손에 죽게 만들려고."

"여기에 이사 온 걸 미리 알고 움직였다는 뜻이잖아요."

"그 연결고리도 찾을 수 있을 거 같아."

경쾌하게 대답한 유혜린이 주머니에서 휴대폰을 꺼냈다.

다음 날, 유혜린은 두 여성과 함께 월령 경찰서로 향했다. 미리 연락을 받은 경찰서장이 나와서 맞이했다. 그리고 곧장 조사실로 안내를 받았다. 원래는 안 된다는 말을 수없이 한 경찰서장이 조사실 한쪽의 대형 유리를 가리켰다.

"영화나 드라마에서 많이 나오는데 저게 매직미러예요. 건너편에서 보고 있다가 무슨 일이 생기면 바로 들어올 테니까 걱정 마세요."

경찰서장이 나가고 유혜린이 테이블에 있는 의자에 앉았고, 두 여성은 마치 경호원처럼 옆에 섰다. 잠시 후에 두 명의 경찰관이 수갑이 채워진 해커 블레이드를 데리고 들어왔다. 왜소한 체격의 그는 유혜린에게 업어치기를 당하면서 부서졌는지 금이 간 안경을 쓰고 있었다. 경찰들이 테이블에 수갑을 채우고 뒤로 물러났다. 블레이드는 아무 말 없이 눈만 깜빡거렸다.

유혜린이 먼저 입을 열었다. "제가 누군지는 들었죠? 지은 죄가 많아서 아마 감방 밖으로 다시 나오려면 시간이 꽤 오래 걸릴 거예요."

"좋은 변호사를 찾는 중입니다. 걱정 마세요."

비아냥거리는 블레이드를 본 강라혜가 울컥한 표정을 지으며 덤벼들려고 했다. 덩치 큰 허연수가 겨우 막는 와중에 유혜린이 고개를 가볍게 주억거렸다.

"솜씨 좋은 변호사는 못 구할 거예요. 왜냐하면 내가 손을 쓸 거거든요."

"당신이 뭔데?"

"그것까지 설명할 필요는 없으니까 생략하고, 오늘 오전에도 수임을 받은 변호사들이 모두 안 하겠다고 연락을 받았죠. 돈을 두 배로 준다고 해도 거절당했고요."

블레이드의 눈가가 살짝 꿈틀거렸다. 유혜린은 다리를 꼬며 말을 이어갔다.

"남편 회사가 고용한 로펌이 꽤 크거든요, 법조계도 다 이리저리 연결되어 있어서 그 로펌 쪽의 비공식적인 요청을 거부할 곳은 많지 않아요. 물론 그걸 감안하고 수임을 받으면 다음 날 신문에 대문짝만하게 보도가 될 거고요. 파렴치한 범죄자의 돈을 받고 변호하는 나쁜 로펌이라고 말이에요. 그 두 가지 정도면 당신이 만날 변호사는 국선 변호사 정도일 거야."

"날 건드리면 좋을 거 없어."

으르렁거리는 블레이드에게 유혜린이 차갑게 웃으며 대꾸했다.

"당신 앞에 컴퓨터가 있다면 무적이겠지만 감방 안에서는 그런 게 없잖아. 대신 몇 가지 대답을 해주면 앞으로 변호사 선임하는 건 막지 않을게."

잠깐 고민하던 블레이드가 말해보라는 손짓을 했다.

"일단 남성신 씨의 아이패드에 유서를 남긴 게 당신 맞지?"

블레이드가 고개를 끄덕거리자 유혜린이 왜냐고 물었다.

"그거야, 돈을 받았으니까."

"누구한테?"

"흥신소 김 대표한테."

"그 사람이 누군데?"

"모르지."

조용히 듣고 있던 허연수가 끼어들었다.

"본명은 임윤학이야. 오늘 경찰에 체포되었어."

블레이드는 어깨를 한번 으쓱하는 것으로 반응을 끝냈다.

"그 사람이 뭐라고 하면서 부탁했는데?"

"이유는 안 물어. 얼마를 줄지를 물어보지."

"내 것도?"

"맨입으로는 어려운데."

"교도소 애인이라고 알아?"

"그게 뭔데?"

"교도소에 가면 체구가 작고 예쁘장하면 여자 노릇을 해야 해. 진짜 여자 대용이지."

유혜린의 얘기를 들은 블레이드의 표정이 처음으로 일그러졌다. 등받이에 등을 기댄 유혜린이 덧붙였다.

"돈이 많으면 알 수 있거나 할 수 있는 게 많아. 아마 죄질이 나빠서 경북북부제1교도소 같은 데 갈 텐데 거긴 진짜 험악한 아저씨들이 많거든."

"영화를 너무 많이 봤네, 아줌마."

블레이드의 비아냥거림을 무시한 유혜린이 꼬아놓은 다리를 풀고 일어나려고 했다.

그러자 블레이드가 다급하게 말했다. "처음 의뢰는 당신이었어. 그리고 준비 중에 의뢰가 하나 더 들어온 거지."

"남성신?"

고개를 끄덕거린 블레이드가 덧붙였다. "남성신은 언제까지 해달라고 날짜를 얘기했는데 해킹이라는 게 말처럼 쉬운 게 아니거든. 그래서 남성신 먼저 하고 그다음이 당신이었지. 그런데 한참

작업 중에 누군가 치고 들어왔었어."

블레이드의 시선이 까만 피부에 덩치 큰 허연수에게 향했다. 허연수가 가볍게 고개를 끄덕거리자 블레이드가 이빨을 드러냈다.

"이겼다고 생각하지 마. 우리는 어디에나 있으니까."

"기어 나올 때마다 하나씩 쳐낼 테니까 염려 마. 네 옆으로 보내줄게."

둘의 팽팽한 신경전은 블레이드가 시선을 돌리는 것으로 끝났다. 의자에서 천천히 일어나 돌아서던 유혜린이 뭔가 깜빡했다는 표정으로 돌아섰다.

"참, 아까 한 약속들은 모두 거짓말이야. 감옥에서 애인 노릇 잘 해봐."

"뭐라고!"

블레이드가 벌떡 일어나며 화를 냈지만 경찰들에게 제압당했다. 괴성을 지르며 발버둥을 치는 블레이드를 뒤로한 채 조사실을 나온 유혜린은 경찰서장의 배웅을 받으며 경찰서를 나와서 주차장에 세워둔 제네시스에 올라탔다. 운전석에 앉아서 안전벨트를 매는 사이 조수석에 탄 허연수가 노트북을 들여다보면서 말했다.

"송미애도 체포되었네요. 흥신소 김 대표에게 남성신의 아이패드에 유서를 남기라고 의뢰한 게 송미애가 맞네요."

뒷좌석에 탄 강라혜가 물었다. "뭐가 어떻게 돌아가는 건데?"

허연수가 안전벨트를 매면서 대꾸했다. "남성신을 쫓던 송미애가 홍신소 김 대표의 정체를 알아내고 따로 의뢰한 거지. 그리고 인도에서 죽인 다음에 자살로 위장해서 복수한 거야."

"배유정을 시켜서?"

"어, 배유정은 자신을 버린 엄마에 대한 복수랑 죽으면 물려받을 유산에 눈독을 들여서 살인을 저지른 거고, 블레이드는 아무것도 모르고 원래 의뢰받은 대로 유서를 가짜로 만들다가 우리한테 들킨 거고."

"결국 남성신은 자기가 누군가를 죽이려고 했던 것처럼 죽임을 당한 거네."

"이걸 인과응보라고 부르지. 안 그래요?"

허연수의 물음에 유혜린이 맞다고 하자 강라혜가 다시 물었다.

"그 타이밍에 화분이 떨어진 건 누구 소행이야? 남성신은 인도에서 이미 죽었잖아."

날카로운 강라혜의 질문에 허연수가 눈만 깜빡거렸다가 유혜린을 바라봤다. 시동을 건 유혜린이 백미러로 강라혜를 보면서 대답했다.

"그걸 대답해줄 수 있는 사람을 만나보러 갈 거예요."

그린우드 아파트 단지로 돌아온 유혜린은 지하 주차장에 차를 세우고 곧장 경비실로 향했다. 며칠 전 입주민들이 난입하면서 생긴 흔적들은 깔끔하게 사라졌다. 팀장 대리를 맡고 있는 직원과 잠깐 인사를 한 유혜린은 팀장실에 들어갔다. 허무한 표정으로 앉아 있던 오 팀장은 인기척이 들리자 고개를 들었다가 다시 떨궜다. 벽을 등지고 선 유혜린은 오 팀장을 내려다봤다.

"직위 해제되었다는 소식 들었어요."

"통쾌하셨겠어요."

오 팀장의 대꾸에 유혜린이 고개를 저었다.

"그 정도로 통쾌하지는 않아요. 어쨌든." 팔짱을 낀 유혜린이 덧붙였다. "까만 마스크 귀신 소동극은 오 팀장님이 주연이었나요? 아니면 조연이었나요?"

잠깐 천장을 바라보며 생각하던 오 팀장이 말했다. "그걸 구분하는 게 의미가 있나요?"

"물론이죠. 제 머리에 화분을 떨어뜨린 사람이 주연이 될 거니까요. 마지막에 파멸당하는 주인공이요."

"그 주인공이 저라면 어떻게 할 겁니까?"

"일단 재취업을 막을 거예요. 그다음에는 소송을 걸어서 피곤하게 할 거고요. 생각해보니까, 제가 죽을 뻔한 거였네요. 지금보다 조금 더 화를 내려고요."

차분하게 얘기한 유혜린을 힐끔 바라본 오 팀장이 얼굴을 찡그렸다.

유혜린이 말했다. "많이 가진 사람의 참을성을 시험하지 말아요."

그 말을 들은 오 팀장이 씁쓸하게 웃었다. "처음 아이디어는 그 사람이었어요."

"누구요?"

"김해님 씨요."

"네? 요가학원 원장이 왜?"

"입주민 협의회 선거 때문이죠. 연임에 도전하는 분의 공약이 상가의 밀린 월세를 받는 거였잖아요. 그런데 요가학원은 월세가 좀 밀렸어요."

"진짜요? 회원들이 꽤 많았는데."

"그분이 좀 사치스러웠거든요. 그리고 나도 협의회 회장이랑 사이가 좋지 않아서 연임이 되면 나부터 자른다고 했습니다."

"그래서 까만 마스크 귀신 소동을 벌인 거예요?"

어깨를 으쓱거린 그가 대답했다. "회장을 엿 먹일 수 있는 좋은 기회니까요. 그 문제로 회장이 선거에서 떨어지면 더더욱 좋은 일이고."

"그리고 당신은 직원을 시켜서 영상 기록을 지웠군요."

"컴퓨터를 잘 다룬다고 해서 뽑았고 입이 무거운 친구였는데 그런 놈인 줄 몰랐습니다. 정말로."

"모른다는 걸로 다 용서받는 건 아니니까요. 그리고 제가 도움을 요청했을 때도 거절했고요."

"하마터면 들키는 줄 알고 조마조마했습니다."

"그때 털어놓으셨으면 여기까지 오지는 않았을 텐데요."

유혜린의 물음에 오 팀장이 쓴웃음을 지었다.

“가진 사람은 잘 이해하지 못하는 법이죠.”

“아무튼, 김해님 원장은 어디 있나요?”

“모르겠습니다. 이제는 안부를 궁금해할 처지가 아니잖아요.”

자포자기한 오 팀장의 대답에 유혜린은 건강 잘 챙기라는 말을 남기고 돌아섰다.

문가에 서 있다가 함께 나온 허연수가 말했다. “현재 경찰에 실종 신고를 한 상태인데요. 경찰이 휴대폰 위치 추적을 통신사에 의뢰했어요.”

“그걸 어떻게 알았죠?”

“얘기했잖아요. 우리나라 공공기관은 사이버 보안에 굉장히 취약하다고요. 통신사가 위치 추적을 해서 경찰에 알려준 걸 잡아냈어요.”

“어디죠?”

“월령산이요. 꼭대기에 공원이 있나요?”

“팔각정이 있는 공원이 있어요. 같이 가요.”

주차장에서 다시 차를 꺼내기 애매해서 그냥 택시를 타고 공원 입구까지 갔다가 거기서 올라갔다. 아직 경찰은 도착한 것 같지 않았다. 셋은 팔각정까지 올라가서 주변을 살폈다. 유혜린은 팔각정 뒤편의 숲속으로 들어갔다가 나무에 목을 매달고 발버둥치는 김해님 원장을 발견했다. 너무 놀라서 소리도 제대로 지르지 못한 유혜린은 한걸음에 달려가서 다리를 잡았다. 김해님 원장도 막상 죽으려고 하니까 겁이 났는지 두 손으로 나무에 매달린 줄을 잡고 버둥거렸다. 뒤늦게 달려온 강라혜와 허연수가 도와주면서 경찰이 올 때까지 버틸 수 있었다. 경찰 중 한 명이 나무에 올라가서 밧줄을 끊었다. 경찰들이 목에 감긴 줄을 풀자 눈물을 주르륵 흘리던 김해님 원장이 어린아이처럼 울었다. 그걸 본 유혜린은 마음이 착잡해졌다.

구급차에서 응급 처치를 받는 도중에 잠깐 얘기할 수 있게 경찰들이 배려해주었다. 담요를 몸에 둘둘 감고 구급차에 앉아 있는 김해님 원장은 여전히 울고 있었다.

"경비팀 오 팀장이 다 얘기했어요. 까만 마스크 귀신 복장은 어디서 난 거예요?"

"핼러윈 때 샀다가 놔둔 거야. 얼굴이랑 몸이 다 가려지니까 입고 다녔지."

"제가 원장님한테 무슨 잘못을 했는데요?"

"요가학원을 따로 차린다고 해서."

그녀의 변명을 들은 유혜린은 얼굴을 찌푸렸다.

"제가요? 왜 그런 생각을 하신 거예요?"

"죽은 남성신 씨가 그랬어. 긴가민가했는데 인도 갔다 오고 나서 학원에 발길을 끊은 걸 보고 겁이 덜컥 났지 뭐야. 그래서 그런 생각을 하게 된 거야. 유서가 있으면 자살로 처리된다고 해서 말이야."

김해님 원장의 얘기를 들은 유혜린은 허탈감을 느꼈다. 정말 별것 아닌 오해 때문에 목숨을 잃을 뻔했던 것이다. 구급대원이 이제 가야 한다는 말을 하면서 얘기는 중단되었다. 문이 닫힌 구급차가 떠나는 모습을 허탈하게 지켜보던 유혜린의 뒤에서 강라혜와 허연수는 사건이 모두 끝났다고 기뻐했다.

에필로그

새로운 시작

며칠 후, 유혜린은 강라혜와 허연수를 한강이 내려다보이는 고급 레스토랑으로 초대했다. 이번에도 최대한 옷으로 몸을 싸매고 온 두 사람은 티본 스테이크를 정신없이 먹어 치웠다. 웃으며 디캔터에 담긴 와인을 따라준 유혜린에게 허연수가 물었다.

"진짜 남편분이 펀치를 날렸나요?"

허연수의 물음에 그녀가 살짝 웃었다.

"주먹보다 무서운 민사 소송이라는 펀치를 날렸어요. 남편 회사 로펌이 그쪽 전문이거든요."

"진짜 무서운 펀치네요. 일이 잘 풀려서 다행이네요. 보너스도 챙겨주셔서 고맙습니다."

허연수가 팔꿈치로 옆구리를 툭 치자 스테이크를 씹어먹고 있던 강라혜가 허겁지겁 말했다.

"진짜 감사합니다."

그런 둘을 웃으며 바라보던 유혜린이 말했다.

"두 사람이 하는 일을 좀 후원하고 싶은데요."

"네?"

놀란 허연수가 포크에 찍힌 스테이크 조각을 접시에 도로 떨어뜨렸다.

"어차피 요가학원도 나가지 않을 거라 심심할 거 같아서요. 한 달에 200만 원에 필요한 활동비를 보조해줄게요. 블랙코트라는 이름으로 피해를 입은 여성들, 그리고 힘없는 사람들을 도와주는 일을 계속하세요. 나도 지원할 일이 있으면 도울게요."

가까스로 정신을 차린 허연수가 접시에 떨어진 스테이크 조각을 다시 포크로 찍었다.

"이번에 겪어보니까 사건을 해결하는 데 가장 큰 도움이 되는 게 돈이더라고요."

활짝 웃는 그녀에게 유혜린이 손을 내밀었다.

"그럼 승낙한 걸로 알겠어요."

"물론이죠. 정말 고맙습니다. 안 그래도 돈이 없어서 잠깐 활동을 멈추고 일을 해야 하나 생각하고 있었거든요."

"어떤 사건부터 해결할까요?"

"의뢰가 들어온 게 하나 있는데요. 시골 슈퍼를 운영하던 할머니가 살해당하고 동네 양아치들이 범인으로 체포된 사건이 있었어요. 한 15년 전쯤에요."

"그런데요?"

"최근에 그들이 범인이 아닐 수도 있는 증거가 발견되었는데 경찰이랑 검찰에서 뭉개고 있는 상황이에요."

"그럼 그것부터 살펴봐요."

얘기를 나누는데 갑자기 뒤쪽에서 소란스러워졌다. 정장 차림의 남성이 맞은편에 앉은 여성의 얼굴에 와인을 뿌리고 나이프를 휘두르며 고래고래 소리를 지른 것이다.

"감히 말대꾸를 해! 얼굴 쫙 그어줄까?"

원피스를 입은 여성은 겁에 질린 표정으로 아무 말도 하지 못했다. 주변에서 웅성거리는 가운데 남자가 일어나서 그녀의 뺨을 세게 후려쳤다. 그걸 본 강라혜가 냅킨으로 입을 닦고 일어나려고 했다. 그걸 본 허연수가 조심스럽게 팔을 잡았다.

"야! 너 이번에 사람 패면 구속이야."

두 사람을 지켜보던 유혜린이 끼어들었다. "걱정하지 말아요. 돈으로 해결해줄게요."

그 얘기를 들은 허연수가 고개를 끄덕거리며 잡은 팔을 놨다. 그러자 강라혜가 주먹을 불끈 쥔 채 또다시 뺨을 때리기 위해 손을 치켜든 남자에게 멈추라고 소리를 지르며 다가갔다.

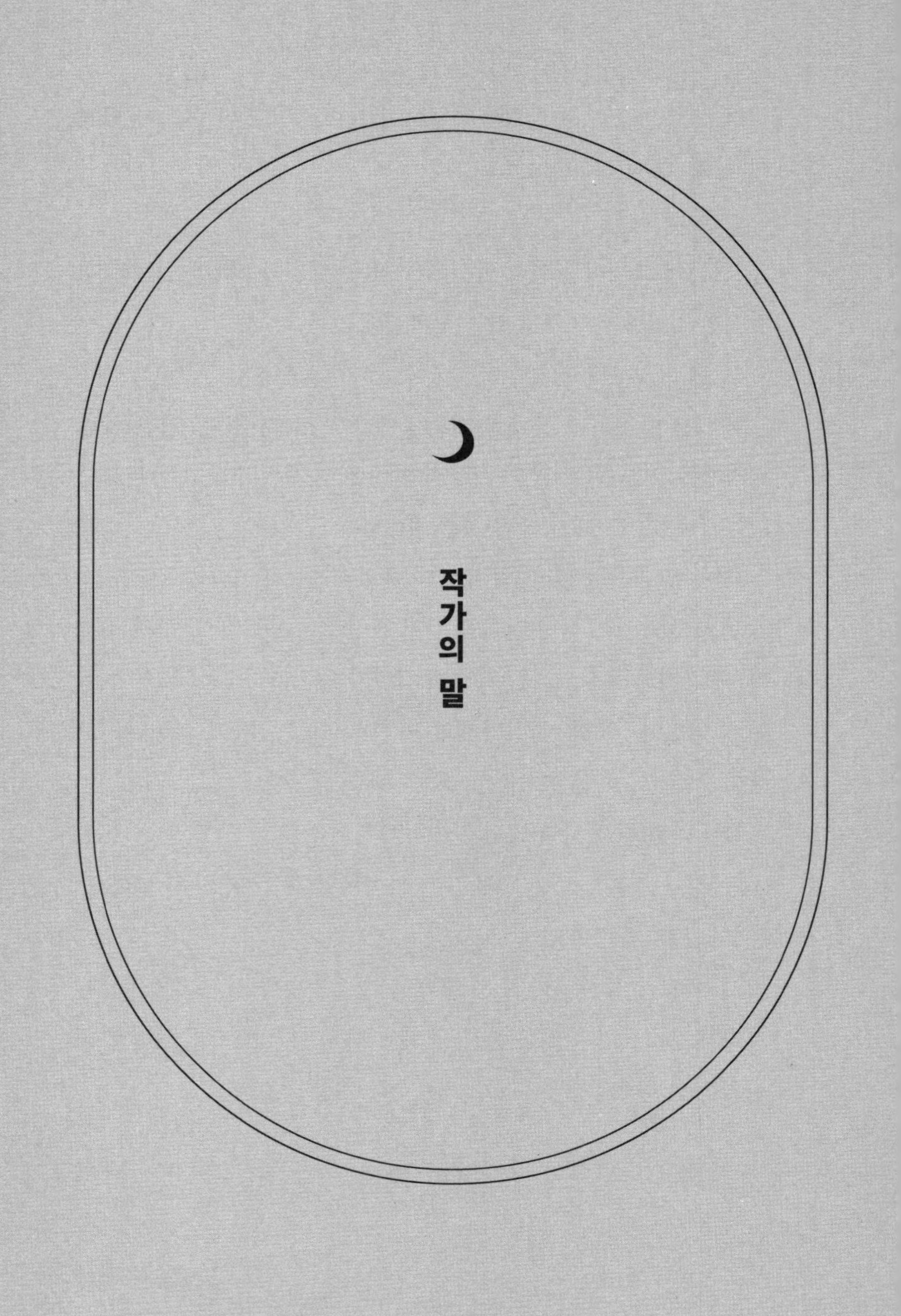

작가의 말

범죄 세계에서의 여성들

우리의 삶은 한번 깨지면 다시 붙일 수 없는 유리 같습니다. 그리고 그런 삶을 부수는 것들이 바로 범죄라고 생각합니다. 세상에는 수많은 범죄가 있습니다. 공통점은 피해자를 고통스럽게 한다는 점이죠. 그리고 한번 발생한 피해는 돈이나 그 어떤 것으로도 보상받거나 복구되지 않습니다. 가족이 죽었는데 돈을 받는다고 위로를 받는 경우는 없으니까요. 사기를 당해서 마음에 상처를 입었는데 사기꾼이 구속된다고 고통이 치유되지 않습니다. 대검찰청에서 조사한 범죄 관련 통계를 보면 흥미로운 지점들이 몇 가지 있습니다. 살인사건의 경우 대부분은 지인이나 친인척에 의해서 벌어진다는 점, 그리고 연인 사이에서 벌어지는 비율도 꽤 높습니다. 연인 사이에서 벌어지는 범죄의 대부분은 남성이 가해자인 경우가 많습니다. 남녀평등의 목소리가 커지고 있는 요즘이지만, 여전히 범죄의 세계에서는 여성들은 피해자이자 약자입니다.

《76층 탐정》은 항상 약자인 여성이 주도적으로 문제를 해결한다면 이야기가 어떻게 풀릴 것인지에 대한 궁금증에서 출발했습니다. 일단 대한민국에서는 경찰이나 형사가 아닌 사람이 수사를 하기 위해서는 많은 제약이 따릅니다. 사실상 불가능에 가깝습니다. 그걸 해결해주는 것이 바로 돈이나 권력이죠. 하지만 권력이 있다면 손쉽게 공권력을 동원할 수 있기 때문에 배제하고 돈을 선택했습니다. 그리고 어떻게 여성이 돈을 벌 수 있을까를 생각해봤습니다. 상속은 너무 쉬운 것 같았고, 사업 역시 애매했습니다. 사업을 해서 크게 성공한 사람이라면 사건에 휘말릴 가능성이 적었고, 그랬다고 해도 회피할 방법이 얼마든지 있었기 때문이죠. 결국 결혼을 통해 부유해진 여성이 개인적인 호기심으로 사건을 풀어간다는 뼈대를 완성했습니다.

76이라는 숫자는 부유함을 상징합니다. 저는 항상 부자가 추리를 하고 조사를 하면 어떤 이야기가 만들어질까 궁금했습니다. 그런 궁금증은 저만 가지고 있는 건 아닌지 일본 미스터리물에서는 집사를 둔 부유한 여성이 형사로 등장하고, 우리나라에서도 지상파 방송사에서 재벌의 후계자가 경찰로 활약하는 드라마가 방영

된 적이 있습니다. 대한민국은 안전한 국가임에도 어제도, 오늘도 범죄가 일어나고, 내일도 범죄가 발생할 겁니다. 숫자와 통계 속에 담긴 피해자들의 이야기를 담아보고 싶었습니다. 재미있게 읽어주시고 그들을 잠시나마 기억해주시길 바랍니다.

정명섭

76층 탐정

2025년 6월 11일 초판 1쇄 발행

지은이 정명섭
펴낸이 이원주

콘텐츠개발실 정혜경, 홍윤선 **디자인** 심디
마케팅실 양근모, 권금숙, 양봉호 **온라인홍보팀** 신하은, 현나래, 최혜빈
디자인실 진미나, 윤민지, 정예은 **디지털콘텐츠팀** 최은정 **해외기획팀** 우정민, 배혜림, 정혜인
경영지원실 강신우, 김현우, 이윤재 **제작팀** 이진영
펴낸곳 팩토리나인 **출판신고** 2006년 9월 25일 제406-2006-000210호
주소 서울시 마포구 월드컵북로 396 누리꿈스퀘어 비즈니스타워 18층
전화 02-6712-9800 **팩스** 02-6712-9810 **이메일** info@smpk.kr

ISBN 979-11-94755-27-2 (03810)